2014中国年度诗歌

《诗探索》编辑委员会　选编　林莽　主编

漓江出版社

图书在版编目（CIP）数据

2014 中国年度诗歌 / 林莽主编;《诗探索》编辑委员会选编 .—桂林：漓江出版社，2015.1

ISBN 978-7-5407-7440-0

Ⅰ.①2… Ⅱ.①林… ②诗… Ⅲ.①诗集—中国—当代 Ⅳ.①I227

中国版本图书馆 CIP 数据核字（2015）第 008100 号

2014 中国年度诗歌

《诗探索》编辑委员会选编　林莽主编

责任编辑　庞俭克　李　敏

封面设计　石绍康

责任监印　周　萍

出 版 人　郑纳新

出版发行　漓江出版社

社　　址　广西桂林市南环路 22 号

邮　　编　541002

发行电话　0773-2583322　010-85893192

传　　真　0773-2583000　010-85890870

电子信箱　ljcbs@163.com

网　　址　http://www.Lijiangtimes.com.cn

http://www.Lijiangbook.com

印　　制　北京大运河印刷有限责任公司

开　　本　710×980　1/16

印　　张　16

字　　数　240 千字

版　　次　2015 年 1 月第 1 版

印　　次　2015 年 1 月第 1 次印刷

书　　号　ISBN 978-7-5407-7440-0

定　　价　39.80 元

目　录

大　洼

大　解

许多年前，我来过大洼，那时也是深秋，
雷霆已经远去，在临海的滩涂上砸下深坑。
芦花渐渐地白了，北风带来了乌云。
那时也是一群人，兴奋地呼喊、拍照，
然后颤抖。只有颤抖才能抵御寒冷。
在晴天，毛茸茸的大洼，
会有落日在上面翻滚。
如果运气好，云彩中将露出翅膀，
你会看见天使和众神。
我的运气不好，赶上阴天，
北风来到大洼，带着它们的打手，
抓住芦花的细脖子，使劲往下按。
是的，是时候了，
荒蛮原始的大洼，应该显露它的野性。
应该有死者起身，哈哈大笑，
应该有强盗出没于历史，在夕光中豪饮。
应该允许胆小鬼发出尖叫，而其他人
继续拍照，在烟盒上写诗，
或者通过手机传递幻影。
那时我拍下照片，发送给莫须有的人，
都得到了回音。那时我坚持认为，
芦荡可能无边，而亲历者，
将在北风里发生弯曲。
那时芦花白茫茫，我看见一个瘦高个，
夹杂在人群中，正在快步走着，

他就是我，经过数不清的岁月，
来到了今天。两个我合在一起，
成为一个人。
今天也是深秋，啊，这么多深秋，
这么多熟悉的风。
风啊，要刮就刮到天上去，
要吹就往死里吹。
天空越来越薄，已经透明，
几乎可以听见上面的脚步声。
正在这时，水鸟轰然而起，
芦荡掀起波涛，天边出现了火烧云。
有人惊呼，天啊！
他喊了之后，人们一齐仰望，
随后惊呆在那里。我在我的体外，
发现了自己的灵魂。

（原载《诗潮》2014年第9期）

你所经历的，正是我将要发生的

小　西

穿过小巷向左拐，清冷的阳光
从稀疏的树叶中漏下来
你走在前面，我看不见你的脸
但是你所经历的，正是我将要发生的
塌陷的乳房和松弛的臀部
在你身上晃动，悬铃木的果实
已经干枯，看似多余的部分
让整棵树变得极其生动

总是难以抵挡寒流的袭击，我小声地咳嗽
你回转身，对着我微笑——
花白的头发，深皱纹的眼角
耳垂上居然没有耳洞，这突然的发现
令我欣喜，我们都保留了身体上
唯一不被洞穿的秘密
是的，时光正在一分一秒慢慢流逝
我在你身后不足两米的距离
你所经历的，正是我将要发生的

（原载《诗潮》2014年第3期）

门环响动，风吹开门

小 西

门环响动，风吹开门
但那不是一场暴雪。它还在路上
我们小心呼吸，在十面霾伏中开着灰暗的玩笑
仍有事物在腐烂。落叶，果子，镜中的一面旧颜
我抑制不住激动，咖啡溅在袖口上
因为他们说到了鱼。晨曦在鱼竿上
闪着金属的光泽，当鱼钩一次次抛向大海
它们先后被诱惑，在木桶内扭动着腰肢
犹如穿梭在酒吧里不安的女郎
它们在桶内挣扎，我们在桶外挣扎

此时有人在窗外大喊我的名字
这个时节桂花还有姣好的容颜，让她惊讶
我为一些事情分心，而它不会。它只顾着生长

开素颜的花朵，让香气在花瓣中滚动
时光加速我的衰老，但我还坐在小院里
等待离人归来。当布鞋落地的声音慢慢传来
仿佛越来越近
门环响动，风吹开门
他正站在门外，抖落身上的大雪

（原载《诗选刊》2014年第9期）

相约去喜马拉雅

小　哑

在睡意沉沉的早上
或百无聊赖的下午
我们相约去喜马拉雅
一想到那遥远的路程
我们就精神抖擞，从床上一跃而起
但今天，还是要先去上班

每当心灰意冷
生活的眉目越来越模糊
我们就相约去喜马拉雅
去，一定要去，我们齐声说
但也要先去买菜
准备好今天的晚饭
晚饭之后，另当别论

想离开一个人
就与他相约去喜马拉雅

在迷宫一样耸立的狭隘山口
天风浩荡，好与他分道扬镳
这样才算是大路朝天
各走一边

想与某个人一条道走到黑
更要去喜马拉雅了
还有比这更长更难更适合你们的决心的路吗
走到那里，人生也就差不多了

（原载《诗选刊》2014 年第 2 期）

礼　物

广　子

再来一壶酒，我们就可以
回到不算年轻的过去
在一条宽阔的小道上走到黑
路过青春、诗歌、矿井和报纸副刊
一直来到大雪纷飞的小酒馆
我们嘲笑蹲在对面楼顶上
醉醺醺的月亮，真像一个傻瓜
这么多年过去了。一想起那个夜晚
我就感到恍惚，月光依旧
雪地依旧，只是我们已经没有了
跌倒的冲动。那当初的小道
也早被疯跑的时光还给了回忆
你知道，命运一旦变了心
要比一块废铁坚硬得多

而我们总是明知故犯，一再
搬起生活这块石头砸自己的脚
直到有一天，我发现你其实就是
我的一面镜子。我在不那么真实的
你身上看到更不真实的我自己
亲爱的老兄，请恕我多嘴
在世界这个越来越热闹的场合
我们谁不是自己的陌生人

（原载《诗刊·下半月刊》2014年2月号）

取　向

子　川

这个早晨
卡佛试图忘记自己
有两分钟，似乎他已经做到
卡佛说他努力过
直到鸟儿从扭曲的树上腾空飞起
飞在它需要行进的方向
卡佛不是鸟，我不是卡佛
我忘不了自己
也不想去做这种努力
我用眼睛追踪窗外的小鸟
她飞一小会
折回，朝另一个方向飞
鸟的取向
其实是上天的取向

这一点，与我们完全相同

（原载《中国作家》2014 年第 10 期）

衣锦还乡

子　非

她每次回乡，都要把自己捂严实
捂住背、胸、肚脐、大腿，这些
平日里裸露的部分，把头发
染回村庄的颜色，把声音调成
炊烟的轻缓，把鞋跟降到
土地的低柔与沧桑，如一滴露水
在朦胧的月色下，回到思念的根部
贫穷的根部

她给亲人们说，她给人唱歌、跳舞
他们都是行业精英
他们会说很多外国话，都尊重女人
他们收藏古董，传承五千年文明
他们热爱艺术，崇尚事物的神性
他们是狼，从来都不吃羊

亲人们睡着了，窗外的雪
没有睡，被许多男人揪扯的疤痕
瞬间醒来，缓缓开放
放肆地疼痛，她悬吊在黑暗里
始终够不到屋檐上，儿时踢上去的

一只鸡毛毽子

（原载《诗选刊》2014年第6期）

小　故　事

马　休

癞蛤蟆，每向前蹦一下
就要一个歇晌，好像累趴下，大肚子
呼哧呼哧喘气。
其实不是，
它只是要获得一个停顿。
云移过去一格。
一个农夫歇晌
坐在一块石头上吸烟，
好让世界去发生许多事。
让另一块滚累的石头
在一个奔腾的溪涧停住，从今往后杵在那儿。
（蜻蜓往水里一勾，嗖一声飞过去）
溪水摸过石头的头顶。
你的手
摸过我做梦的眼睛。

我拖着一个巨大的旅行箱
向飞机场飞快地跑去
因为在那儿，有一架停顿的飞机
马上就要起飞了。

（原载《诗刊·上半月刊》2014年7月号）

里秋田村的鸟叫

马　叙

清晨，我在齐溪镇里秋田村
听到一声鸟叫
假如这一声叫的是时光
那么此后的再一声鸟叫和无数声的鸟叫
把一个人从少年叫到老年？
抑或把一个人从老年叫回到少年？

公路边一座废弃的小学校
它又曾经盛满了多少童稚的声音
回答曾经的每一声鸟鸣？
它面前的流水，是如此的清澈，持续奔流
曾经的少年长大，四散，分布各地
如今他们是否也常常回想当年身边的曾经的
鸟鸣？

这个清晨的鸟，东边一只
西边两三只，它们交替着叫
有时叫得疏朗，有时较为频繁
我相信还有几个永远的少年
他们生活在钱江源的密林深处
喝清泉水，读着一本秘密的书

里秋田村，还有更多的鸟
在西边的山，南边的山，北边的山
这么多鸟叫出了每座山上的不同时光

其中必有一处属于我的秘密时光
里秧田村，一只鸟就是一座微型的时光银矿

（原载《诗刊·上半月刊》2014 年 8 月号）

再写宁夏

马占祥

他有着赭黄色的肤色，背面的
贺兰山上槐花高歌。窑山如一节脊骨
埋着黑色的血
正面的六盘山上几棵松树
找不到影子

他身侧的黄河如庸俗的
血脉，岸边一群牛羊
啃食了一千个日月

他没有丢失殷鉴的辞章
他是宁夏，又被称为塞上江南
沙坡头上
有一头野狐路过时目光浑浊

（原载《诗选刊》2014 年第 5 期）

春天，我要把阳光收集起来

马启代

春天，我要把阳光收集起来

放在花朵里收藏
花朵越撑越大，保不住秘密
一个一个全炸开了

春天，我要把阳光收集起来
放在诗句里收藏
诗行越来越暖，诗魂睁亮了眼睛
每一个汉字都想燃烧

春天，我要把阳光收集起来
给风一点，给云一点，给流水一点
让它们带向远方
也要给雪花留下一点，让它们足够晶莹

春天，我要把阳光收集起来
自己也留一点，放在心里
在寒冷不期而至时，慢慢取暖……

（原载《诗潮》2014 年第 9 期）

我要的美

王　妃

没有一个词能准确替人说出隐匿的
秘密。天这样黑

我穿过大雨。车灯照不见万物
——它只照亮我
而你在路的前方

天这样黑。我要的美，
黑夜给不了，雨水也给不了
这世上的一切徒有空濛的影子
在赴会之前晃动

让黑夜和雨水继续。
当湿淋淋的我，撑起雨伞
迎向同样湿淋淋的你
火焰在燃烧。

（原载《中国诗歌》2014年第3卷）

乡　　下

王　琪

月光幽暗，恍若旧梦复发
你躲开狗吠
拉着我，起身返回

耳朵里穿过乡风
像一封发黄的情书描述那样
有些老套，司空见惯
散发着这个夜晚少有的潮气

从灯下阅读伊始
你的笑声淡了，远了
随茶香飘走
桃下镇，外婆桥下

那张老皱的脸
又有几多沧桑的味道

我眺望——
隐入沉溺中的万物
不能自已
这个春天
我的确想你了——

（原载《诗探索·作品卷》2014年第1辑）

春上南山

王　琪

去南山，我想书写点什么
花丛里盛开的两朵爱情
还是，一千只飞鸟获得自由
苍茫不再照耀额头？

伤神是很久以前的事了
我们闭口不提
闪电再次劈开的河流
一条经过故乡，一条通向天庭

草木在风里传送暗语
惊动做梦的蝴蝶
火车呜呜地穿过远处隧道
大地上，不需要唱诵
也有人能出口成章

一个人去南山
看春天的讯息注满山腰
看日子清白起来
但与我，能发生多大的关系呢

（原载《山东文学》2014年第2期下半月刊）

夏季牧场

王　琰

我是多么喜欢啊，可以跟你上山
可你总是寡言少语
整座山只有我和我说的话
开出了一朵又一朵打碗花

我在你的身后
包一块艳艳的头巾
坐在炊烟里
熬煮奶茶
等你回来

月亮缺氧
昏昏沉沉地爬上山梁
遥远的夏季牧场
星星是又一群等待放牧的牛羊吗

（原载《诗刊·下半月刊》2014年4月号）

即　景

王小忠

除了经幢的歌唱、细雨碎小的脚步
还有飞檐下嘀咕的鸽子、墙角处忙碌的蜘蛛
之外——
这里是寂静的

丁香开满院子
不炫耀，不争吵
经轮守护三千世界

……唯有这些野罂粟花在经堂门前兀自开放
佛从盲窗里窥视众生之秘密
佛从来不在高处，佛就在这些低矮的野罂粟花中间

（原载《诗探索·作品卷》2014年第1辑）

月光白得很

王小妮

月亮在深夜照出了一切的骨头。

我呼进了青白的气息。
人间的琐碎皮毛
变成下坠的萤火虫。
城市是一具死去的骨架。

没有哪个生命
配得上这样纯的夜色。
打开窗帘
天地正在眼前交接白银
月光使我忘记我是一个人。

生命的最后一幕
在一片素色里静静地彩排。
月光来到地板上
我的两只脚已经预先白了。

（原载《诗潮》2014年第8期）

与放蜂人老张一席谈

王夫刚

放蜂人老张的帐篷里有一本北岛的诗集
(30年前的印刷品了，已旧得不行)
老张说，年轻的时候
他也曾写过诗，也曾爱过一个
至今还念念不忘的姑娘。
但现在他似乎更愿意跟我谈论
眼前飞来飞去的蜜蜂——
老张说，自己的大半生
都耗在了路上（从南到北，从白到黑）
这些喜欢花朵的小家伙们
让他心中有底。老张说
他就是一只工蜂，玩不得雄蜂的

游戏：“专职交配，过把瘾就死。”
说到这里，老张笑了
笑得有点暧昧，他岔开话头
跟我说起了孤岛，孤岛的槐花
和酿蜜的常识。老张说
这些喜欢花朵的小家伙们虽然长着翅膀
却比人还辛苦，他做出一个飞翔的
姿势，仿佛要飞走飞远。
“采得百花成蜜后，为谁辛苦为谁甜?”
时值黄昏，放蜂人老张的帐篷里
有一本北岛的诗集已经很旧
但北岛没有写过这样的诗句
老张的吟哦，也并非朝九晚五的烦恼弥漫孤岛

（原载《山东文学》2014 年第 4 期下半月刊）

夜宿黛溪山庄，想起梁漱溟

王夫刚

高速公路上的车辆呼啸而过
并不影响山东的月亮安静而羞涩地
照着黄河流过的梁邹平原。
夜宿黛溪山庄，有人鼾声如雷
有人辗转反侧，想起了
梁漱溟——此时
这个倔强、高寿、目光犀利的老头
乡村建设运动的发起人和实践者
写下《人心与人性》的
思想家，用下嘴唇咬住上嘴唇的

世纪鸿儒，就在黛溪山庄的不远处
冷冷地望着灯火辉煌的人间
怀揣一颗与雅量对质的心——
遗憾的是，这一夜
有人鼾声如雷，有人
辗转反侧，却不见一个身影向他
走近，哪怕以月下散步的名义。

（原载《诗选刊》2014年第4期）

埋入体内的钟

王孝稽

很多诗人写过体内的闪电、体内的花朵
诗人的体内充满异物感。我零岁
从一个受精卵开始，日夜分裂，体内植入筋骨
十个月，我的体内射入阳光和月光，照亮大地
八岁，我的体内绣满中国文字，开始旅行
十八岁，我的体内撞入异性分子，表达爱意
二十八岁，我的体内砌起一堵墙，防范入侵
如今，三十八岁，我突然感觉
体内埋入一口柔软的钟表，没有外形
没有分针、秒针、时针的纷争
从不上发条或电子，从不差一分一秒
从不哀伤，从不繁殖或超越
同我一起风雨露宿，上午七时零分三十八秒
上班途中，遇到一棵桂花树，桂花已落尽
上午十时整，后背紧贴墙壁，打开
五脏六腑，开始二十分钟竖直发呆

晚上六时八分，端起一碗白米饭，向上帝祈祷
晚上十时还差一刻，躺在床上没有了胡思乱想
嘀嗒、嘀嗒，世界还在继续，心跳还在继续
我听到母亲最亲密的召唤

（原载《诗探索·作品卷》2014 年第 1 辑）

与一块火山石合影

王明韵

在这之前，在涠洲岛，我捡了很多
这样那样的石头，有的
如我残存的骨头一样渐凉，有的
如同爱人的身体一样滚烫
我总是，一次次，捡起
又放下，我的书桌上、茶几上
是缺少这样的石头的，就像
我的命运中，缺少呐喊和沉默
但我知道，我无权把它们带走
虽然上帝也会原谅犯错误的孩子
那我就与火山石合影吧
紧紧地贴在一起，让一个声音
琴弦或呻吟，唤醒我
迟钝的、若有若无的心跳
给我光、力量
给我盐、泪水
不！我不敢奢望太多
那就给我一个暗示吧：站在高处
向远方眺望

像水一样，在低矮处活着
多美的石头，即使是一块丑石
也让我掌心生花
抚摸与掂量中
我弯下腰，把一小块石头
放在更多的石头中间
我看见，火山石举着火把，绵延一片
像一个世界无边无际
又像一首诗，饱含体温和血泪
恪守伤痕和花朵

（原载《诗潮》2014年第1期）

惊　蛰

王彦山

立春一过，雨水一天多过一天
你走在北京的一场大风中
冰雪将释未释，我在街角一个咖啡馆
逗留，人群在热气上升腾，落日熔金
我独自把一个远方的人怀想
奶泡一一消弭，生活的底色呈现
一杯咖啡里有我们全部的过往
点灯时分，更多的人在南山
一豆烛火中越坐越深，更多的烛火
在山谷里被一一举起，更多的山谷在月色下
越烧越亮，隐者不遇，松枝无语
我还在尘世的灯光中走着
我还在跟更多的人擦肩

然后一一道别，更多人的来不及
道别，便相忘于江湖，相忘于
山南海北，我们曾呼吸过
同一片云朵，我在一场春雨中
把盏，向天，向头顶三尺的神明
向黑黑的晃动在壶中的春秋
醒时同交欢，醉后各分散
是时候了，我向你道着晚安然后
一头扎进春天一场乍起的浓雾里

（原载《诗探索·作品卷》2014 年第 1 辑）

雕 刻 师

王祥康

凿子和锤子在左右手间不断更换
一块棱角分明的石头
让我不知如何下手
如果雕出一位美女　她的沉默
让人难受　如果雕出一只野兽
怕它嘴里暗含血腥
要雕刻什么　这是令人纠结的事
左思右想　再看自己的手
瘦弱　青筋暴突　无能为力的人
只能用尖利的凿子对准自己
却不敢下手　僵持中
我用空空的双手按住自己的心脏
似乎这颗心脏也是别人的
一块棱角分明的石头

大自然的精灵早已有了自己的生命
所有铁质都是软的　炉火之上
需要继续炼　继续淬火
粗粝的石头硌痛世俗
一个被职业绑架的人质
从现在开始与这个世界达成和解
放弃自以为是　归隐土地

（原载《福建文学》2014年1月号）

那　一　年

王家新

那一年
河水陡然起了旋涡
我向下被吸进去了三米
（是直直被吸进去的，
像是进入了什么咽道）
又漂上来了

那一年
策兰从米拉波桥上跳下去
而又没有死
现在，他每过几天
就披着一身沥青
从我面前跑过
那一年
我十三岁，上初一
在去公社参加批斗会的路上

我看见了，我一个人
在漆黑的山路上看见了
一阵阵流星雨

那一年
我学会了插秧
而我的喉咙开始发痒
我想说话，不，我想唱歌，不，
我想呼喊，也不——我陷在
一场永恒的雪里

那一年
一个少年成为一个诗人

（原载《上海诗人》2014 年第 3 期）

远朝旅人

天 岚

为何常常想起古人，或远去的故人
想起一座寺院和古树投下的斑影
想起咖啡馆里的音乐或一个女人散发的香味
我想我已经熟悉了他们
只是为何还提笔忘言或恍然不识

夕阳斜打在墙上，转瞬即逝
时光的端头，我看到太多陈年旧事
瓷器上沾着指纹，玉饰还带着主人的体温
只是我的魂魄已散，心神难聚

千古悲愁皆成为此世的负担

音律还是那音律，新曲已不甚悲戚
琴瑟和鸣的老宅子前
我心安如归，又怅然若失
原来，我就是被空弦弹落的一粒旧尘
就是一位骑着时光魔杖来访的远朝旅人

（原载《诗探索·作品卷》2014 年第 1 辑）

老之将至

尤克利

给我的时间，我已把它剪得很短
无数个早晨
太阳找不到懒汉的影子
透过窗棂斜斜的光线，我看见
漂浮的微尘还在悠闲地飞
给我的那本线装书，早已找货郎
给奶奶换了个纫针虎
给我的墨水，早已就着玉米糊喝了
数十年之后只认得 ABC，不记得
几何和方程式是什么，给我的双手
拿过钢笔，握过锄头
捏过钢镚，牵过无数亲人的手
如今又学会了把握一只善解人意的鼠标
给我的玫瑰，我已转手给了别人
手上空留下些许余香
给我的耳朵，里面时常过飞机

给我的眼睛开始模糊字迹，迫不得已
让一只老花镜常伴衣兜
渐成习惯，给我的皮囊逐渐破旧
给我的村庄也老气横秋
偶尔给远去的青春发一封伊妹儿
还能收到一些吟唱光阴歌之类的
遥远回音，不过那已是早些年的事了
给我的皱纹已纵横交错

（原载《诗刊·上半月刊》2014 年 6 月号）

提心吊胆地爱你

车延高

现在可以告诉你了，小时候
为什么不给你穿漂亮的衣裳
为什么剪了你的小辫留个男孩发式
爸爸不是重男轻女
只是你从小就和你妈一样的漂亮
漂亮的女孩子是件瓷器
怕人不小心或存心碰了
一地碎片就是父母永远的心痛
所以给你朴素
把天生丽质藏起来
让周围的眼睛忽视你
爸爸妈妈忙，不能每时每刻照看你
就用最笨的办法，禾草盖珍珠
你听了一定笑，笑吧

我们当时就这么提心吊胆地爱你

（原载《诗选刊》2014 年第 6 期）

和母亲散步

牛庆国

就这样慢慢地走着
因为母亲已经走不快了
也许是她舍不得走快
怕把剩下的路程走完
因此　我必须慢下来
我要等等母亲
当夕阳从背后看着我们时
我看见母亲的拐棍
在我们的影子之间
画了一条数学上的分数线
一边是分母
一边是分子
这时我忽然想到了父亲
那根拐棍的位置其实应该是他的
但我什么也没有说
我不知道母亲在想些什么
她只是在这个黄昏慢慢地走着
有时停下来
看看身边流过的黄河

（原载《文学港》2014 年第 4 期）

教母亲识字

牛庆国

父亲去世后　78 岁的老母亲
比以前更加老了
但那天她红着脸　说她想认字
像我小时候拽着她的胳膊说
妈　我要上学
那就从一本《幼儿识字》开始吧
也请您老人家回到小时候
让我当您的大人和老师
先认“人”字
男人的人　女人的人
好人的人　坏人的人
当母亲写下一个弯腰驼背的人字后
却问我父亲的名字怎么写
我犹豫了一下　但还是写了出来
那天母亲就默默地念着
把父亲的名字写了满满一页纸
第二天　她还学会了自己的名字
并把她的名字写到父亲的下面
这让我想起父亲活着的时候
她一直都跟在父亲的身后
从来没有在父亲的前面走过
她说这是老人教的规矩
接着还学会了小麦　扁豆　玉米　胡麻
还有苜蓿　韭菜　萝卜
写下这些植物的名字时

母亲脸上露出丰收的光芒
她说她还要学数字
学了数字就认得钱了
等到了另一世　就不会被人骗了
因此　当我看她写数字的时候
就仿佛是看她在一分一分地算钱
妈　您要认字您就认吧
只是您别让我难过

（原载《文学港》2014年第4期）

失 败 书

毛 子

扎西说，诗，还是少写为宜
是的，写来写去，无非是小天赋，小感觉
无非生米做成熟饭，无非巧妇
做无米之炊。

月亮在天上，写不写
它就是古代的汉语。
它爬进云层，就像王维进了空山
山，在他那里，就是不见人

我有一个拍纪录片的朋友
他去了一趟西藏，待了数月，却始终没有打开
　镜头
他说，哪怕打开一点点，就是冒犯，是不敬
是谵妄中的不诚实

谢谢这样胆小的人，持斋戒的人
谢谢他们在一个二流的时代
保留着一颗失败之心……

（原载《中国诗歌》2014 年第 8 卷）

月光下的小镇

天　天

月光下的小镇是安静的
似乎人间都熄灭了烟火
为了把小镇留在倾诉里
我动用了一身的词语
为了在倾诉里种上因和果
我一遍一遍地把自已掏空
只留下一颗接近清凉的心

在小镇的臂弯下
有时　我是一盏灯
一盏寒酸的灯
在月光的照耀下　我开始往前
　走了
直到走到星光黯淡
只剩下一身的际遇

月光轻轻落下来
仿佛怕惊醒什么
仿佛有灵魂在我头顶的夜晚里

不停地穿梭
而我是生活里苦苦挣扎的一粒
光阴
守着小镇的年年月月
直到它和我一样露出人生的沟壑
直到再也没有人能从它身上取
走什么

（原载《绿风》诗刊 2014 年第 1 期）

湖水亲吻的瞬间

方健荣

湖水一下一下亲吻着岸
从早晨开始
没有看见它的唇
可是声音很响
春天也更加生动
我不愿久久离开
沿着湖水可以走到很远
那路上还走着另一个人
她也这样迷恋着湖水
因为湖是蓝的　也是绿的
甚至是血红的
不知道把什么颜色用在黄昏
这和忧伤有没有关系
湖上有几只水鸟，咕咕鸣叫
湖波在微风里拍打着
湖泊，小小的波

也是互相亲吻
看到那么多的吻
闪烁蔚蓝或热烈的吻
人类是不是有一点空洞
走了很久我还没有学会
那路上的另一个人
她比原来更加羞涩
春天的美色把山河都染透了
湖水只是祖国清澈的眼睛
我向湖里成双的水鸟扔石头
它们依然平静，并不恐惧飞走
湖水却更响地拍打湖水
一下一下发出巨大的接吻声

（原载《北方作家》2014年第5期）

钗头凤

邓朝晖

送君千里
不过是从思蒙送到仲夏
此地有玉竹石、小青瓦
权且修复我易被惊扰的屋梁
我耕读在此三年五年不惑
楼板轻薄、栏杆诡异
客堂的浮雕门形同一面菱花镜
观照对面木桥流水封火墙的人家
也掩不住心里大大的黑洞
我自小没有钗头之凤

难以敌对小兽撞墙
不知曲水会伤春色
棋子落下弦外的琴声
我耕一亩暮春的薄田
收下茶树菇、重阳菌、紫薯豆蔻
雨后几垄青山，冬日红杏
墙角的飞檐
和一时浪得的虚名

（原载《诗刊·下半月刊》2014年1月号）

给一个人

玉 珍

再不来春风就老了，我还年轻，很爱新鲜
等人是一件痛苦的事，荼蘼花香，熏坏了我的
　耐心
应该不能只允许男人风流，活了二十二年还没
　有初恋
今天我豁出去了，谁说爱我我就跟谁
还想拎一瓶果酒，穿街过巷，跟我的好姐妹
边走边喝，对路人抛媚眼对帅哥吹口哨
要哭就哭得断人三魂，要笑就笑得花枝乱颤
这样难道不行吗？不行我非要这样。固执得太
　久，把自己
拧成了一根筋，天真到赤裸，对过往

天转眼就黑了，这要死的安静快让我发霉
你再不来

我就想变坏了，我决定从头坏到脚
等你来让我脱胎换骨，等你来为我收拾残局

（原载《中国诗歌》2014 年第 8 卷）

爱　上

冬　箫

奇怪的是
爱上竟然那么短暂
就是一张小小的叶片
搅动了我体内起伏的山丘

它是一条小河，哦不，是一洼小小的水田
却是我最美丽的风景
它让我收割了五月的麦子
七月的丰收

它还让我，爱上了所有的
炊烟，百合
鸟鸣，月光
还有

我对着祖辈磕了三次头
老人说：我那个笑容很傻很傻
嘴角的叶片
上下抖动的样子，却显得特别开心

（原载《星星》诗刊 2014 年第 10 期）

秋天的废墟

北 野

落叶弥散四野，中午的山冈
撤去了树荫和蟾蜍的脸庞

狐狸并非老谋深算的那个
而老虎，正在树顶徘徊
它不仅仅迷恋沉睡中的暖阳

深草中的兀鹰，正站在青石上
用翅膀拍打水塘和白露的光

恋爱的人，返回大路
留下刻有誓言的那棵皂角树
像火苗一样在风中摇晃

而这些还不够，此时还要有
一两朵白云，飞过头顶
做出依依不舍的样子

像几个世纪以前的那种状态
寂静，空旷，一切似乎
都大有深意，一切又都了无希望

这样才能使一个秋天转瞬即逝
这样才能让一片深山，埋住心里

那些不死的废墟和浩荡的时光

（原载《诗选刊》2014 年第 4 期）

站在科隆大教堂前

叶延滨

科隆大教堂高举的尖塔
让我知道巍峨会让后脑发酸
高耸是一种危险动作
被刺痛的云朵惊跑的羊群
躲避着尖塔像躲避牧羊犬

我在飞跑的云朵下靠近大教堂
我到了科隆了吗？
坐飞机六小时再坐大巴一小时
站在尖塔的阴影里——
上帝的驻科隆办事处今天真热闹
上帝今天休息，教堂向游客开放
科隆在观光区外过自己的日子
今天的游客昨天的游客
都是大教堂不变的风景

我想起儿时小县城的照相馆
背后是一幅天安门的大画布
搬来天安门，在小县城的我们
照一张“我爱北京天安门”
也就留下童年的歌声和梦……
——好了，现在不搬科隆的画布

把自己当道具搬到大教堂前
当道具原来也会快乐
笑一笑，说一声：茄子！

傻瓜相机咔嚓一闪
做出了它对科隆的新理解——
教堂尖顶把自由的云彩赶走了
教堂今天新道具叶延滨很开心……

（原载《中国作家》2014年第1期）

秋 风 辞

叶玉琳

好吧，就算尘世凶悍
秋风用十指戳破一个人的秘密
我也不能死在它的悲伤之前
“心有澎湃，面如秋水”
我突然就想起你的醒世之言
突然爱上这颓废之美——
昨夜一场雨，又淋湿了一些背影
虹过后，我在莲池边
始终不能等来你的消息
谁在梦，谁在飞
隔岸的气泡，堵死了经年的泪水
若干篇颂辞之后
你整衣束帽回归故里
我也卸下诗书安于病贫
旅程千万里，你在，或者不在

爱的光圈，无法步步消减内心的汹涌
大好河山，我要提前赶来为你祝福——
我不能死于它的衰败之时

（原载《诗刊·上半月刊》2014 年 11 月号）

微　雨

叶丽隽

常年生活在群山之中，她已然
形神松动
倘若你闭上眼，慢慢地伸出手
跟随她的波澜，她的起伏
掠过她粗糙的表面
你就能感觉到
那上面的每一处涡纹和峡谷
一路上，有木莲、冬青、金合欢
有爬满苔藓的残碑和无名菌类
若继续，你会相逢
一场明亮深邃的细雨——她的
流水身躯。因绵密如针，而难以察觉
这会儿，是她的心在说话
疲惫的灵魂将在此相谈甚欢

（原载《诗刊·上半月刊》2014 年 10 月号）

秋　风　辞

田　禾

秋风吹着清晨的黑云岭和见松坡，
吹着黄昏下的白菜地和吃玉米的孩子。

天多数时候灰着一张脸，
父亲那天在剩余的黄昏里埋头磨刀。

我那天躲在高粱地里幻想，秋风吹到
一个没有地名的地方，又折回来。

秋风吹，到处都是枯黄和坠落，
吹着原野上的一片芦苇提前死亡。

秋风过后，北风会接着吹，
我的三伯赶紧糊上漏风的门缝。

（原载《三峡文学》2014年第8期）

避　雨　记

田　禾

下雨了。几只蚂蚁迅速向
路边的草丛隐去。马路上有人
跑掉了一只鞋子，风
吹落了几个农民的草帽

那边田埂上有人一边跑一边
把双手举在头顶遮雨
有人举着一片快要枯萎的荷叶
有人顶一张旧报纸。一个
老乞丐，将豁了口的蓝花碗
扣在头上。放学的孩子
怕打湿了他的书本，把书包
夹在腋下，光头淋着
豆大的雨点，打在贫穷的
棉袄上，也打在高贵的风衣上
躲雨的人都纷纷
跑进了路边的工棚里
过路的。干农活的。夹公文包的
戴眼镜的。乞丐。跛子。穷人。富人
他们快要把工棚挤破了
有两个只挤进去半个身子
我的堂姐怕湿头发打湿了
别人的衣裳，她一直僵着脑袋
一只打湿了羽毛的麻雀蹲在
远处的树枝上看着他们
在这个深山的工棚里，一场雨
聚集了那么多的陌生人
他们彼此点头、微笑，用眼睛说话
像一群临时的亲人

（原载《中国诗歌》2014 年第 3 卷）

三十厘米的爱

田 暖

那么好吧，就让我们手拉着手
以三十厘米的距离，彼此凝视
两个人的深海，我们都不再是琥珀色的鱼
尽管岁月也剥不落此起彼伏的鱼尾纹
但我们还是这么干净、慈悲

可是，能让我们再靠近一点儿吗
以血液的温度，以含泪的濡沫
喂养粗粝生活沙滩上那覆露的玫瑰、麋鹿、
　人群
那哀号的孤独，广袤却纤细的游光
如果，这是我爱你最好的距离……

但干枯的笑容啊，就像彼此坚硬的心
——这困住我们的，
这顾盼，却又悄悄逃离的——禁忌

直到我们视而不见，就像左膀抱着右臂
独自在夜色的深渊，翻涌
最是缠绕在心尖上的那海水味的苦，般若波
　罗蜜般的甜
正一浪接着一浪，喊出爱的魂儿

（原载《诗刊·下半月刊》2014年8月号）

雨　中　书

汉　江

雨越下越大，下得雨点成了
雨线——却牵不住那些奔跑着的
越来越湿重的背影
没有尘埃，没有落定
没有嘴边指间明灭飘忽的烟火
不落定的奔跑的人
是想掩饰流露的泪水
还是想冷却内心的热望？
不在意与谁擦肩而过
也不预备与谁相视一笑
沿路的阴暗与裂隙
不停被雨水涂亮与充盈
这些短暂美好的慰藉
将在黑夜来临的瞬间消失
愿那些渐跑渐远的背影
也能到家卸去湿重……

（原载《中国诗人》2014 年第 1 卷）

有时不是我在写诗

白　玛

不是我，不是我，是故乡那个游走四方的说
　唱艺人

指挥我写。是从前的小河，从前的香椿树写的
是号令第一声鸡啼的清晨之神写的
是那个脸颊涂着爱情胭脂的女子写的
是赶往乡村集市的一只心事重重的山羊写的
午夜赤脚走在临海小镇石板路上的海妖
也许就是她写的。是久藏的痛楚和掩不住的
　欢欣
借我之手写的。是你明明爱我，却不说，故
　意让我写的

（原载《诗刊·上半月刊》2014年3月号）

当浪漫主义走进房地产

乐　冰

一块空地
不叫空地
叫国际广场
一口水塘
不叫水塘
叫圣水湖畔
一栋大楼
不叫大楼
叫帝国大厦
一座山坡
不叫山坡
叫天上人间
靠近郊区
叫国际富人小区

靠近草地
叫名人高尔夫小区
靠近大海
叫临海贵族小区
栽几棵树
就是都市森林
种几块草
就是绿色家园
造几个假山
就是避暑山庄
当房地产广告
让浪漫主义打包之后
除了房价
听上去一切都是那么美好

（原载《特区文学》2014 年第 3 期）

南风过境

冯 娜

我不是任何一根发光的羽毛
我是你张了张嘴　叫不出名字的瓷器
性情薄凉　质地婉转　吹弹可破

我是一阵借刀裁剪春色的南风
温软缱绻　扑面如刃
我不爱流连远山和湖泊
直取阳关和良人的心房

我是南风啊
来时携雨　去时惊蛰
时而回首　寻鲜花果腹　醉卧芍药丛

若是被你的马蹄踩痛
便腹中吞剑　我是南风　我不说
你可是良人
我不问

（原载《诗探索·作品卷》2014年第1辑）

西　西　弗

冯连才

写诗于我有点儿像西西弗神话
我自愿充当他的助手
今天我与西西弗搬动同一块石头
尽量让分量多一点压在我的手上

是谁把世界捅出那么多伤口
我要提着诗的灯笼予以弥合

我常以心灵的漂泊者自居
只有在写作中我才还乡

大地这辆布满尘埃的列车
只有诗歌把我送达目的地
用死者的鲜血书写活着的历史

（原载《诗探索·作品卷》2014年第1辑）

越来越像我的母亲

吉　尔

我越来越像我的母亲
对着阳光打盹，在晾衣绳上抚平绸缎

河流、琼枝玉叶都在我的身体里
我的母亲也回到了我的身体
我们打盹，摊开双手
那是北方的雪花

看不到酒馆禁闭的红漆大门
丰收的乡亲
咀嚼着油炸花生米，从这里经过
丢下啤酒瓶，咣当一声
又俯身捡起
我眯着眼睛看他们，就像阳光眯着眼睛看我
这些生活深处的人
当我这样想
就越来越像我的母亲

（原载《诗刊·上半月刊》2014年12月号）

红梅楼的老人们

老　铁

多么美的名字，多么美的建筑

是一群老人新的家
这隐匿于葱郁之中的色彩
隐匿于色彩之中的黄昏
让毫不相干的岁月
忽略了一些时间概念
使夕阳的映照，拥有了新的含义

在一楼、二楼和三楼，居住着
这座城市年迈的父亲和母亲
他们，失去了记忆和认知
失去了岁月的光泽
却仍然那么安静，那么淡定
搂着各自的苍老
心怀复苏和生长的愿望
努力把自己还原成
一个孩童或者少年，在一个又一个
熟悉抑或陌生的幻景中
与遥不可及的自己相拥一起

年复一年，这幢小楼
与风雪相伴，被阳光拥抱
在苏轼和李清照格律严谨的诗词中
梳雪理霜，迎春送冬
当每一扇窗外的阳光
从年轻渐变成垂暮，我们看到
一缕又一缕白发，飘扬着孤独
缓缓穿越城市的美丽
多么美又多么伤感

（原载《作家》2014年第11期）

晨曦里的牛群

亚　楠

那时，在阿克乔克的晨光中
我看见一群牛安静地守望。它们
就像一组群雕把时光掩映在缓慢里

这些场景我也多次遇见
只是现在，季节刚刚萌动
我无法预测这些残雪又会怎样
退回自己的天空

假如一场雨提前到来，当然
这只是我的一个心愿——
在这片辽阔的草原上我只想握住
一些什么，就像夏日的黄昏

在大地上漫游，不是为了生存
只为能够放声歌唱

（原载《西部》2014 年第 4 期）

老　井

毕福堂

那时，它是村外仅有的一条活命的血脉
牵扯着四邻百十条湿漉漉的炊烟

兵荒马乱的年代
谁家屋顶的气息枯了
悲戚阴森的招魂幡也就来了
每逢春天，当岁月龟裂了布谷的潮音
男女老少蜂拥而上将它掏空
待到来年，它一冬的积蓄再度枯竭
仿佛这老井天生一条储奶的牛
饱满的乳房最终被吮吸成干瘪的摆设……
现在，自来水已通到家家
人们很少再想起这繁衍过烟火的古董
那天，我去村外寻它不遇

羊倌说，它早被荒草覆盖，没了踪影
眼前的路似乎也模糊起来

（原载《九州诗文》2014年7月号）

注 目 礼

吕天琳

她们走过来，穿过大学校园
转上一条明媚的大街，这流动的舞台上
她们个个衣裙亮丽，面容秀美
带着仅属于这个年代的骄傲和素养
检索每一双茫然失措的眼睛

她们向前走着，看样子不想乘车
也不想停下来，不进任何商场
手拉着手，在这看似毫无目的的行进中

她们小幅度地跳跃着，擦着空气滑行

我看着她们经过一座座大厦和街口
惊诧于她们那溪流般的流淌
像一群从枝头落地的小鸟，陶醉于
尘世的光影中，她们不屑于耳边的繁华
变得越来越轻，像几只就要飞走的气球

我瞩目这支小小的队列
经过了无数扇窗口的检阅，在我的
视线里飘动，她们用一群女孩子的旋律
重新调整了这座城市混乱笨重的节奏
她们让我听到波尔卡，听到进行曲
还有一个时代的华美与庄严

（原载《诗选刊》2014 年第 4 期）

虚　　构

朱巧玲

雨水落屋顶，落深渊，落在似是而非的梦境
我读梭罗，读一页白纸和一闪而过的闪电
有什么卡住了呼吸？
“出于对虚构的迷恋”
我前往黑暗中的屋子
钟表在“咔咔”走动，窗棂上
雨水百感交集
“剧本是空的，月光时而汹涌，时而平静”
我们躺在波浪上说醉话

诸神已远去
此生已无用
——人世到了如此这般地步
可还有何物令我在你面前
潸然泪下？

（原载《青年文学》2014年10月号）

致王维

朱绿和

我总是不经意地看见你

人群中最沉默的那一个
不告而别，终生难以再见
或是忘情地品尝山间溪水
紧闭双眼，听风吟唱
在原野，在林中，在海边
镇定的背影
总是无言，总是泪流满面

只有你知道去哪里寻找真正的安慰
青山白云，晚风暮蝉
只有你懂得如何在虚无中
睁开没有欲望的双眼

总是在满天红云的傍晚
你的呢喃细语响在我的耳畔
教我在这个繁花似锦的世纪

寻找菩提树叶纷纷落下的痕迹

（原载《诗刊·下半月刊》2014年5月号）

梁 父 吟

任怀强

打柴人不关心如鱼得水的小径
如同诗书经纶者厌弃了空谈
信手而来的词句
是打柴人背上的草木
与山对话　与路而歌
是字里行间的韵律跳动
自信把持自傲
如同恪守种群间互相节制
一眼清泉足以灌醉疲惫
一首好诗带人心旷神怡
在等同理解生活的本质上
都机缘巧合存在于一个起跑线
向心于生命
一如器官委婉
一如山峦敦厚
面山而居的人们
都曾经一颗旷古悯怀的心
那个路上的读书郎
又何曾忘却了群山的关怀
有你为伴　与你同行
心中都有一个不可舍弃的念想

（原载《春风文艺》2014年第1期）

一尾鱼在我体内运走大海

伤 水

我用雕刀在自己手掌上刻下风暴
疼痛的不是自己，是风暴
看它血肉模糊
快意恩仇啊

梳理波浪是我以前的工作
退休时我只带走一支桨
我不信任机械和电子
有肉才可能出现血

也可能腐烂，周遭永远馊味
当砖退回泥土和火
楼梯在脚底出走
我连步伐也找不到啦

印一次指纹就是一只水母
蔚蓝在船底游来游去
一尾没有姓氏的鱼
终于在我体内运走大海

（原载《诗探索·作品卷》2014年第3辑）

暮色随笔

向 迅

我像迎接日出一样为它爬上山顶
新雨后的空山，空得没有一声鸟啼
树枝上栖着的新月
是灯笼花树在这个春天长出的第一片鹅
　黄叶子
多个世纪以前，有人在长江边说山高月小
而我在山脚的人工湖边看见的
却是山小月高。暮色啊，命运一样的家伙
正和远方一起牵着遥远的狗吠
向我包抄而来。它们小心地越过灯火
这道松垮散漫的栅栏
越过我——这最后的一块陆地
现在，我站在一块碎裂的灰蓝碗底之下
给你打电话。我们反复说起上帝
命运，救赎，说起过去与未来
磐石般的沉默仍不时像林子里的阴影
幽灵一样袭击我们。昨天这个时候
我们差点儿就被一片沉重的暮色击倒
犹记我在故去的断桥边无语凝噎
眼眶里泪花闪闪，我已彻底顺从命运
和天意。慈悲的山神一直望着我
他的脸上布满了秋天的风景
头上却开满了迎春花
他叫我仰头，呀，我的头顶也开满了星星
——可是春天啊，你已别无选择

即使抵押上你全部的花朵
也不能阻挡一场暮色的来临

（原载《西部》2014年第6期）

一个人的生日

向天笑

晚上，突然停电的小区像一片废墟
我一个人就坐在这样的废墟顶上
看见黑暗的毛发一丝丝闪亮
慢慢度过自己五十岁的生日
没有烛光、蛋糕，没有电话、短信

房内的黑暗像丝绸围巾披挂我的脖子上
柔软、冰凉，如同肌肤般滑嫩
窗外的黑暗像巨大的鸟巢
此刻，多想长出一对翅膀
纵身飞下，便可抵达天堂

我不知道我父亲是什么时候进来的
就坐在我的旁边的沙发上，默默无言
静静看着我抽烟，一支接一支地抽
他一句话也不说，目光里转动着怜爱
一丝丝的黑暗，在他背后烧成灰烬

（原载《新诗想》2014年第1期）

夜　行

朵　渔

手心冰凉。真想哭，真想爱。

——托尔斯泰1896年圣诞日记

夜被倒空了
遍地野生的制度
一只羊在默默吃雪。

我看到一张周游世界的脸
一个集礼义廉耻于一身的人
生活在甲乙丙丁四个角色里。

我们依然没有绝望
盲人将盲杖赐予路人
最寒冷的茅舍里也有暖人心的宴席。

（原载《诗选刊》2014年第4期）

轨　道

朵　渔

窗外下着雨，人行道上的女孩
头发湿漉漉的，不时侧过身来
在男孩的脸颊上轻轻吻一下
男孩背着包，双臂环抱，伸手

在女孩的屁股上捏一把
隔着玻璃的哈气，看不清外面
但有一种青春的快意洋溢其间
还有某种似曾相识的失落的残余
一些美好的东西并不一定拥有
一些美好的人也只是短暂相遇
唯有自身的罪过会跟随一生
自身的罪，以及一些难言的隐衷
隐秘如房间里不绝如缕的钟表声
嘀嗒，嘀嗒，嘀嗒，像一列火车
静静地数着轨道上的枕木

（原载《诗刊·上半月刊》2014年12月号）

在英格兰

多　多

当教堂的尖顶与城市的烟囱沉入地平线后
英格兰的天空，比情人的低语声还要阴暗
两个盲人手风琴演奏者，垂首走过

没有农夫，便不会有晚祷
没有墓碑，便不会有朗诵者
两行新栽的苹果树，刺痛我的心

是我的翅膀使我出名，是英格兰
使我到达我被失去的地点
记忆，但不再留下犁沟

耻辱，那是我的地址
整个英格兰，没有一个女人不会亲嘴
整个英格兰，容不下我的骄傲

从指甲缝中隐藏的泥土，我
认出我的祖国——母亲

已被打进一个小包裹，远远寄走……

（原载《上海诗人》2014 年第 3 期）

黄　河

刘　年

据说，最残忍的刑罚
是腰斩。受刑者不会马上死
可以看见自己肝胆和热血
以及刽子手的羞愧
可以伸出手去，把下半身扯过来
从裤袋里掏出遗嘱
递给妻子，告诉她
所有的账，都是要还的

黄河，被水泥大坝
拦腰砍断。走近一些
可闻到风中的腥味
袖手旁观。任乌兰布和大沙漠
把落日活活掩埋
这个时代，每一个黄昏都很悲壮

将剩下的半瓶酒一口喝完
跳进黄河，水比想象的要冷淡
肤色和罪恶一样，是洗不去的
胡杨树上，那只沙鸥
叫得很惊恐
可能以为我是屈原
可能以为这是汨罗江

（原载《诗探索·作品卷》2014年第1辑）

鲁迅故居

刘 年

作为一件礼物
二十八岁的朱安，送给了鲁迅
“我好比是一只蜗牛
从墙底一点一点往上爬，爬得虽慢
总有一天会爬到墙顶的
可是，现在我没有力气爬了
我待他再好，也是没用”
朱安长于针线，烹饪
绍兴话，像若耶溪的水一样软

“这辈子只好服侍婆婆一个人了
万一婆婆归了西，从先生一向的为人看
我以后的生活，他是会管的”
傍晚，朱安会陪婆婆散步
从鲁迅故居出来，要经过两棵淡白的桂花

“我卖先生的遗物，是因为没有钱过活
我也是先生的一件遗物，你们怎么不管呢？”
婆婆死后，她就一个人散步
放学的孩子都叫她朱安婆婆
小脚的她，走路会像乌篷船一样轻轻地摇
从鲁迅故居出来，直走一百米，就是三味书屋
从鲁迅故居出来
直走，四百米，就是沈园

（原载《天津诗人》2014 年夏之卷）

九　月

刘　普

雨水一连下了多天
九月的雨水，持续的毅力
让我感觉敬畏

窗外的白云还在奔走
和棉花地相比
清白了一些

大雁很久没有现身
选择绕道而行
还是留在北方某地？
无论怎样
都是一种未卜的命运

小学开学
树叶开始落下
一切运转有序
在九月，幸福的每一次降临
不是开始，而是延续

（原载《九月诗刊》2014年第2期）

把桃花和杏花分开

刘高贵

把桃花和杏花分开
就是从春天里找出三月和四月
从酒里找出火焰　蝉翼上找出清风
从亲情里找出父爱和母爱

其实方法非常简单
就像你总有办法
在一片拔节声中
指认出大麦和小麦

其实方法真的非常简单
就像人海茫茫　你总有办法
将朋友和路人
一一区别开来

右手青山
左手江河
在桃花和杏花之间

那妙不可言的　就是情怀

（原载《大河诗歌》2014 年冬卷）

坐在田埂上的父亲

刘福君

坐在田埂上的父亲，坐在
随便一块石头或杂草的上边
抽烟、擦汗，歇一歇
干活的人想法十分简单，像草
绿得简单，像云，白得简单

风吹过来，抽穗扬花的气息
在绿汪汪的田野上随便弥漫
下一场透雨是比天还大的事情
父亲的天就是庄稼就是庄稼的想法
雷一样焦灼，雨一样渴念

坐在田埂上随便歇一歇的父亲
挽一把青草仔细地擦拭锄板
天黑之前，他想要锄完这片玉米
农谚里说："锄头下有雨"
雨啊，你的想法离父亲还有多远

我是在远处看见父亲的
傍晚的风随便掀动哗哗的玉米叶子
像大海高低起伏的波澜
父亲又开始锄地，躬着腰

我是谁，我离父亲又有多远

（原载《诗刊·上半月刊》2014年5月号）

清明，和父亲说话

灯 灯

岩石渗出了水。忍住悲痛的叶子，长在毛竹身上
风一吹，哭声更大了。山上，泥土有些松动
一些蚂蚁因为交通堵塞
排在了雨的后面，我为其中的一只焦急
父亲，清明了，河水无端比去年
上涨一公分，两岸的油菜花，突然集体沉默
说不出花朵的话
和我相遇的纸钱，在不同的路口，都向我打听
亲人的地址，仿佛我是一个
熟识者。有时我竟然忘记汇款人，出口就报出
你的门牌号码
父亲，我是多么私心。有时我想象
你就坐在白云的摇椅上，水中，慢慢地摇
安静，安详。时光变成
你讲述的波纹，放下重量的水，变得清澈无比——
那时我已能听懂你的语言
在我经历的春天，今天：
看见孩子们在坟头嬉闹，追着蝴蝶

（原载《诗探索·作品卷》2014年第1辑）

不问

灯　灯

荒野里的石头，鸟儿是它的心跳
花朵是它的语言
它们一块一块，守在自己的位置，不问
　山后面
是否还有山，也不问闯入的溪水
是否终将流进大海
它们对于我，一个陌生的来客，不问
　来意
只在寂静中
安放一把椅子，一把琴弦
它们不问
椅子上坐着谁，也不问
琴声去了哪里
仿佛一切了然于心——
一切了然于心。犹如
黄昏，把落日安放在枝丫上
不会下坠，犹如寂静伸出仁慈的手
我在椅子上坐下
弹琴，起身，在寂静中走进
和我
对应的一块石头……

一直到，直到——
我，成为新的寂静……

（原载《诗潮》2014 年第 8 期）

我相信每一个过去的人都还活着

江 非

我相信每一个过去的人都还活着
但他们却躲在远处不来见我
我相信他们和我一样热爱铜和黄昏降临的集市
但他们却不来见我
我踩着夏日滚烫的柏油去边远的小镇旅行
他们不来见我
我坐着火车出现在潮湿的开满雏菊的地平线上
他们不来见我
我把撒在车厢里的面包屑和鸽子用一张陈旧
　的时刻表包好，收起
他们不来见我
火车停住了，我从任何一节油漆未干的车厢
　里孤身下来
他们不来见我
天黑了，他们坐在那些没有灯光的、永不靠
　站的车厢里
一声不吭，不来见我

（原载《诗刊·上半月刊》2014年5月号）

我要走往何处去

江 非

天黑了，我要走往何处去

是走向坡下已经亮起夜灯的快餐店
还是走到对面技校的清冷的食堂去
(为了抵抗饥饿，我前天已在那里买了饭卡)
是沿着公路随便走走
再省掉一顿晚饭
还是顺着公路一直跨海走回故乡去

天黑了
鸟儿已经不再啼叫
草丛里只有秋虫起伏的演奏
我站在离它三米远的地方
听到它像一只古瓮，又像一把胡琴
不论是什么，都调子艰涩发出长长的哀音
我想我还是哪里都不去吧
就这样站在原地
等天再黑一些，我就去看那位黑眸子的朋友

我的朋友住在山的另一侧
去看他
要经过一道阴森幽僻的峡谷

他坐在那里，召唤我
来吧，客人，来吧，狮子、游牧，来吧
可怜的江非，穿着漆黑的袍子后背上贴着黑色邮
　票的人
天黑了，我的朋友吹着口琴流着泪

（原载《芳草》2014年1月号）

母亲的针

江 离

汽车载着我母亲驶离了这片土地
属于她的土地
这个乡村，紧挨着的这个小镇
全部生活的足迹
七十年，然后，只用几个小时
收拾，丢弃
匆忙地撤退，轻烟般的告别
在时间非对称结构的罗盘上

那是在她最近一次病后
我把她接来同住，在另一个城市的远郊
我的朋友开着车
从后视镜中看到她，靠在后座上
一个老人
失去了过去的强悍
像一颗超新星爆发完后留下的遗迹
无法想象她曾有过的活力

他当然见过，这里所有的人都见过
一个寡妇，在苦境中支撑
为把孩子拉扯大
从乡村来到小镇，没有钱
干过各种活，忙活到半夜，凌晨又起来
奇迹般忍过了寒冬
每一种坚持里都有近乎固执的东西

支撑着，避免随时倒塌的可能性的到来

现在，她虚弱得像一个婴童，因为中风
记忆的一部分受损、失语，错误地
把拐杖叫作针，她紧紧地握着
身边的拐杖——针
扭头回望那片可能不再熟知的土地
在她对未知生活的恐惧中
我将成为她的拐杖，引导她那凌乱的
线头重新编织对世界的记忆的针

（原载《诗建设》2014 年秋季卷）

秋风饥饿

江一郎

天气越来越凉了，那些紫黑的
浆果，还在静静做梦
但秋天的梦
何其短暂，空寂

林子深处，隐匿多年的狼
再次神秘出现
但我从未遇见

只有落叶被霜粒踩过
留下泛白的爪痕
只有秋风饥饿
低号着，摇撼林木

又披着野狼的灰袍
在幽暗的天光下
奔下山坡

（原载《人民文学》2014年2月号）

我本孤傲之人

江一郎

那日下午，独自一人坐于路边发呆
一个孩子走过，又回到我跟前
掏出一枚硬币给我，愕然
之余，想起自己头发蓬乱，长须灰白
神情，也如此落寞
不由悲从中来
但我并不觉得那是一种羞辱
只是往日里，我极力修补
生活，依旧漏洞百出
却从不曾接受一个孩子施舍
我将硬币抓在手里，不忘
对他说声谢谢
而当我细细打量，更大的
悲凉刹那涌遍全身
忍不住一阵战栗
眼前的孩子，衣衫褴褛，脸蛋肮脏
居然是个可怜的小乞丐
望着他善良的眼睛
我不能不相信
自己，原本就是一位潦倒的

乞讨者

（原载《人民文学》2014 年 2 月号）

我出生那年，这世上一些事也发生了

汤养宗

1959 年秋，农历己亥年白露，我出生
古巴那边一场革命玄妙地宣告胜利，在美国
阿拉斯加和夏威夷则新增为第四十九个州
及第五十个州，证明有些新理念和新地主来了
一只松鼠也要到了名正言顺的树林
这一年国际海事组织顺势开张，多年后
我以一个海洋诗人的面目被人认识
科学家则宣布蓝鲸濒临灭绝，另一边
芭比娃娃开始在市面流行，这很有趣
后来当我写到性，便想起应多交配出蓝鲸
也有人在练口舌，试图让世界打开或去蔽
尼克松与赫鲁晓夫展开了“厨房辩论”
事实是，唇上的多维性，到了我这才有点透明
这一切很庞杂，却仿佛因了我才发生
法国导演吕克·贝松也赶在这一年来世
孤僻的探索者，你真会挑选时日，关于
明快的节奏与诡异的手段，我们是对双胞胎
而同年同月同日出生的，肯定还有另一个女人
她带着美妙的各种器官拼命成长
为赶来与我相见，但我们没有成为夫妻

（原载《星星》诗刊 2014 年 1 月号）

鬼的脸

汤养宗

鬼的脸是张什么样的脸，鬼的脸
要洗了又洗？用一张新脸去打败旧脸？小时
母亲的呵斥是：“看看你的脸，鬼一样！”
之后，自然是被按到脸盆里拯救
把鬼洗掉，把脸找回来。昨晚我洗了
晨起又再洗。甚至是，到死那天
依然要被人最后一洗，再去别处做人
可我真不是蜕皮的大蟒，从没有
因没完没了的擦洗换来新脸。也不能虚实相换

（原载《文学港》2014年第9期）

高楼

许岚

高楼的防盗网
把我的自由拿走了
高楼的电梯
把我的矫健拿走了
高楼还不满足
它站在挖掘机的轰鸣之上
把我的良田拿走
把一家人的口粮拿走
把我热爱和继承的身份拿走吧

把酣睡在蛙声里的梦也拿走吧
把宽广的凉风也拿走吧
把撒下的一串串笑声也都拿走吧
高楼啊
请把我的背影留下
把瓦檐下燕子衔来的春泥留下
把我回望故乡的最后一点力气也留下

（原载《芳草·潮》2014 年第 4 期）

与落日书

许　敏

秋阳的悲正在于此，风吹动这些
落叶的乔木、灌木，没有哀悼的气息
万物都在挣扎。你也在说服自己
拒绝走进冰凉的石头与文字
在粗大的篱笆中间，落日以另一种方式
存在，以一种近似神灵的方式；
生活，因此安静下来，你内心的
卑微，隐忍，疼痛——荒凉着，孤独着
你已走过金黄的盛年，细碎的光闪烁
风越来越紧，仿佛要将这尘世收走
你一个人在秋阳下谛听天籁，飘动满头白发
群山比想象中还瘦，拖着最后的烟尘来见你
舌头下的睡眠在加深，河流舒缓宁静
透着优雅，而冰山是一座教堂
在远方矗立，它是世界的一只巨眼
也是你的前世，知晓所有已知事物的命运

一刹那，落日烧红了天际
通红的圆盘，沉沉地坠下去
一直沉到你的心底，钟声撞击
雀鸟四散，你用整个一生都没有找回它们

（原载《中国作家》2014 年 5 月号）

紫薇开了

那　勺

紫薇开了，木芙蓉也是
秋天有它的样子

男人围着云雾
女人坐在窗前

林子里的动物在窝中休息
植物斑斓而安静

我有小小的心慌
——飘荡在路上，两手空空

（原载《诗歌月刊》2014 年第 9 期）

草　屋

孙　梧

这些布局不一的草屋，比落日高一些

比槐树、杨树矮一些，再往上就是麻雀的家
鸟鸣停歇在树上，蝉鸣也是
地面是天井，粮食堆在屋前的土炕上
院墙外是胡同，杂草丛生
每当阳光从草屋间出走，炊烟散去
15 瓦的灯光就会明亮起来
风总爱吹拂窗棂，吹起几声犬叫
像山谷里的水流声，清脆、安静

更多的时候，我还是喜欢郁郁葱葱的树林
一望无际的田野，喜欢从村前的河流里取水
浇菜、做饭、喂养家禽
从村后的山坡上取石，从庄稼下面取土
修缮草屋，抵挡西风和雨水
让草屋成为最后的家

让那些留守的老人和我一样
成为村庄最后的守护者
和墓碑前的野花一样
比泥土高一些，比坟冢又矮一些

（原载《诗选刊》2014 年第 9 期）

我与疾病成了朋友

孙方杰

这些年来，我惊异于身体的布局
一个拳头大小的脑核，把各个器官
筋骨、四肢、经络，摆布得顺畅有序

少有不逮，便会有某个部位险象抱残

或许，我命中体弱多病，每时每刻
都会有不安分的细胞，发起暴动
这是我身体的疾患
多少年来，我一边忍受，一边抗争
妄图把它赶出我的身体，从此让我拥着健康
开门，回家。做饭。睡去，醒来。

然而，当我知道这已无可能
我就开始与疾病交起了朋友
它跟随我这么多年，它每天跟着我
与我一起翻山越岭，喘息，颠簸
像最好的朋友
在世上，听命于时间的判决

我与疾病，成了终身朋友
才知道自己有多么幸运
它借我的身体生存，我借它的敦促珍惜生命
像亲兄弟，一起为生命添柴，饮酒，追欢
倚栏吟赏，灯火黄昏

（原载《诗刊·上半月刊》2014年11月号）

旅 伴

孙方杰

在前挡风玻璃的左上角
内饰与遮阳板的接壤处，一只蜘蛛安下了家

它的家园很小，方圆比大拇指略宽广一些
这是它一个晚上做下的活计
我发现的时候，它正趴在一隅休息

我凝视了一会儿它的睡姿，温暖，静默
似乎有霓虹的缠绕。我轻轻地发动引擎
带它到很远的地方去旅行，把所有的困扰
都交给沿途的风景。它结下的网
从来也没有飞虫光顾，那么小
恐怕连一只苍蝇的撞击，也经受不住
或许，它就是为了陪我看世态炎凉，梦里山河

担心它挨饿，我时常留些面包渣给它
但不知道它吃过没有
洗车的时候，我叮嘱那些工人
要保护好蜘蛛的家园，它在这里居住
颠簸而又孤单

一只弯着细腰的蜘蛛，在我疾驰的途中
或者大海边上，有时候会忽然吊下一根长线
落下来，近距离地打量我
也许它的心里奇怪：这个来回奔波的大动物
为什么总是皱眉，叹气，也弯着腰
满身都是经世的尘埃

（原载《诗选刊》2014 年第 3 期）

总有一些你看不见的事物

孙忠晓

总有一些你看不见的事物
在草丛，在林间……
比如深山里的油桐花
比如空谷里的矢车菊
而我所说的不仅仅是这些
总有一些你看不见的飞鸟
瞄准隐藏在暗林里的弹弓
比如清风明丽之物……
玻璃的位移撞倒醉汉
总有一些你看不到的风
伤害青萍之末，切断植物的脉络
比如落花，看她从南山归来
眼泪埋伏着隐情——
正如翅膀伤害了蝴蝶
总有一些你看不到的事物
刺痛双眼，却逃不脱一张蛛网
……如果你俯身乡间
这个春天，总有一些聋掉的耳朵
听到土地内部巨大的轰鸣

（原载《诗刊·下半月刊》2014 年 4 月号）

狼的故事

阳 飏

妻说，那时候
她家住安宁区十里店
一天晚饭后
街头的高音大喇叭反复在喊——
民兵们今天掏了狼窝
请各家大人管好孩子天黑后不要出门
半夜，一声接一声的狼叫
丢了狼崽子的母狼嗅着味找来了
连续几天，人心惶惶
妻还说，她就曾经见过狼
那是一个冬天蒙蒙亮的清晨
远远的
一只狼正在自来水站舔冰吃
扫帚尾巴拖在地上
煤油灯似的眼睛
比学校教导主任的眼镜还要大

安宁区现在是兰州高校区
我那天路过
忽然就想起了妻子讲的狼的故事

（原载《诗刊·上半月刊》2014 年 1 月号）

在仁和

羽　童

我开始熟悉这座城市最南边的行政区
熟悉这里的建筑，菜市场，买早点的地方
挤最早的一班公交车，与当地的人一起去赶场

开始习惯穿平底鞋，以更卑微的姿势走路
右手拎竹篮，装满青菜萝卜蒜苗，外加芒果石榴核桃
左手举雏菊月季夜来香三角梅薰衣草满天星

在仁和，我爱上了家常，爱上了一日三餐
爱上了缓慢的力量，简洁的折叠和擦拭

在仁和，日子铺排成皇家典礼，自酿的
葡萄酒，有着红楼梦那样的色泽和质地

（原载《诗选刊》2014年第4期）

落雪

红　莲

一夜之间
这来自高处的抒情
人间独白
让每一根枝条有了向下的力量

飞鸟，白云，阳光，流星
以前都是天空的。但现在
它们不是

世界一点点变厚
寂静压着声音
这容易产生死亡的地方
如此纯洁
白色让眼睛放弃了颜色产生的美

你完全可以坐着，不动，只看
一片雪花缓慢向下，向下……
它因坠落而发出的叫喊声
没有惊动任何人

（原载《诗刊·下半月刊》2014年7月号）

必　须

红线女

必须让自己冷下来
像雪，像冰，像冬天，甚至比它们还要冷
必须让自己静下来
这样的静，像没有呼吸的季节，像窒息的身体

梅花去了春天
桃花很快就要开了，樱桃花也会开的吧
可这些和我有什么关系呢
没有什么会永远

那就继续看它们开吧，一如看它们继续落一样
那就继续被捆绑吧，反正也没有什么比这个更
糟糕的了
昨夜又下了一场大雨
月亮都被淹没了

必须让自己冷下来，比冬天还要冷地冷下来
必须让自己静下来，像死了一样地静下来

（原载《诗选刊》2014年第4期）

子夜，一对打伞人

师 榕

阵雨停歇
湿漉漉的翠花巷，淋湿着恬静的夜色
我走出7天酒店
在子夜里呼吸一份清凉
翠花巷口，走来一对依依相拥的打伞人
他们的脚步，轻得像是在数夏夜的星辰
我多想在路灯下，瞧瞧这一对幸福夫妻的模样
当我的目光再次朝他们望去
空空的巷子里，再无他人
他们去了哪儿呢？

一辆银灰色的小汽车，向我射来两束刺眼的光柱
撕破了短暂的浪漫。我恍然明白
他们并没有向我走来

他们在我的前面，拐进了左手的桔子酒店

（原载《诗探索·作品卷》2014 年第 1 辑）

湖　畔

庄晓明

再向北 50 米，有一条小路
引下湖滩。绿荫中，几间木屋
供我们驻留，沉思
然而，我们穿越着。或谓游览
仅是放慢了速度
雪松，水杉，垂柳，摇曳的苇丛……遮蔽着
左侧的湖水
但我仍能感到它硕大的存在
以及在不同季节，与石头的絮语，啸喧
一种大地的命运，无须证明
露水。小虫。不知名的野花
背部的阴影。腐叶上的一缕光线
移动，不易觉察。这一切
无言将我们茧裹，诱引我们
进入内部的神秘，深邃
而小路径自前行着。它无法亦不愿
进入一棵树的内部，盘曲成年轮
我们确乎来过这里
但这片蓊郁的湖畔绿色，终将被我们
蜕于身后，如远去的梦影
雪松，水杉，垂柳，摇曳的苇丛……以及
那些闪烁如真理的光线

我们从未能真正认识其中一位
我只是从中穿越，完成了自己

（原载《诗刊·上半月刊》2014年3月号）

丰　收

扶　桑

我知道我的五月已经来临
五月，它在我身上一边收割一边种植
麦子堆入家中，水田平静地闪光
秧苗，已一排排站好
像小学生们列队在清晨的操场

我知道我现在的样子是一个两腿分开的女人
分娩的姿势和受孕的姿势，是
同一个姿势——
“主啊”，第一次
我很想这样向谁称颂
我结满籽粒的心弯垂着沉沉的金色

我是金色的。我是绿色的
我是阳光和月光，它们交互在我身上生长
我是田野，我也是山冈
隆出沉默在地底的狂猛力量
河流、微风、禽鸟们各种各样
的嗓音练声的合唱……

（原载《中国诗歌》2014年第3卷）

最多，至少

苍凉逐梦

最多，我答应让你再爱一个女人
她，只能是我们的女儿
最多，我同意再有一个人喊你父亲
他，必须是我们的儿子
最多，你只能和三个人长相厮守
他们是儿子、女儿和我

我要陪你走下去，至少一生
我要做你的妻子，至少这辈子
我要倍加小心，不能生病出任何意外
因为，陪你直达暮年是我最快乐的事情
如果终点在望，至少不能走到你前面
我要稍作停顿，为你祈祷替你安魂
然后，飞快地追上你

（原载《诗选刊》2014 年第 5 期）

繁荣地低下头去

严 力

每个人都会昂起头来
让星光沿着他的视线爬下来
之后它去了哪里
全社会都在找的东西

除非你不把它称为良知

经历过整个天空往下吐痰的日子
就知道那不是某个人的教养问题
就像春天用一通电话
得到了整个大地的绿色回答
就像好天气是
抱怨社会不平现象的最佳理由
就像每个人在数点钞票的时候
都会繁荣地低下头去

（原载《读诗》2014年第三卷）

家

苏　远

很久没有去街上走走了
只是去走走，看看少女的短裙
和去年翻新又扩建的长街。
灯光沐浴着身体，汽车的喇叭敲打耳膜。
想想，我从来就不爱这个城市，几乎
没有为这个城市，加上一些细节
和词语。但为什么我
一直活在这个城市？甚至装模作样地
开着车，住着商品房，在高层的办公楼
对着电脑，像个真正的城市人。太无耻了。
也许是小时候偶然的月光让我怀孕
也许是晃动的钟摆容不下一个胚胎的成长
以至于我走在这条街的时候

天真地以为，这里就是我儿时的家

（原载《网络文学》2014 年第 2 期）

冬　夜

苏　黎

一匹骡子蹭着草垛
寒冷，落地成霜

半块月亮
从一棵树上飞到了另一棵树上

踏响河道上薄冰的，一定是悄悄溜走的
风

远处划过的一声狗叫
给寒冷加了一道楔子

我抱紧了膀子
夜风拢了拢我的头发

你住在河的那边，我住在河的这边
我们多么像隔河相望的两颗星星

（原载《诗刊·上半月刊》2014 年 7 月号）

在异乡，我没有爱过

苏 蕾

我回来了
我又成了树，石头
或者一件简单的家具
我的屋子多么想我
我回来了，多么幸福

这么多天，我没有爱过
这么多天，车轮颠簸，心思恍惚
在异乡，那么蓝的天
是谁的，那么细的雨
也不是我的
异乡啊，我没有爱过
陌生人啊，我也没有喜欢过

我回来了
换上了家常的衣服
我桌子上的苹果
多么幸福，多么安静

（原载《诗刊·下半月刊》2014年8月号）

作 别

苏小青

八月
薰衣草灿烂盛开

在羞涩与成熟之间
躲避风的偷窥　在太阳下设伏
让一对拍婚纱照的情侣跌倒在
一只低飞的燕子眼皮下
一簇白色的花在紫巷里驻足
此时　秋天正把种子悄然植入

燕子做着准备　粉蝶暧昧不语
阳光改变着折射的角度
穿裙子的女孩
黯然对裙子道别
高大的银杏树
果子正配制苦涩的药方

如果你读了夏天完整的往事
对于即将上演的秋天
要在石榴缜密的心思里仔细寻找

（原载《诗选刊》2014 年第 10 期）

吊脚楼上

苏历铭

越是夜深，吊脚楼下的流水
越是发出湍急之声
索性沏茶独饮，琐事放入水中
任由思绪肆意驰骋

对岸灯火熄灭之后

我把茶桌上另外几个空杯子
全都斟满春茶，把散落四处的另外几个我
喊在一起

他们是不同的我
戴着各自的面具混迹于迥异的江湖
风尘仆仆，倦意而来
以为他们会相拥痛哭
围坐在异乡的午夜
却一语不发

（原载《读诗》2014年第三卷）

华山路上

苏历铭

秋风翻卷之后，梧桐树的落叶
轻得贴不住街面
我的裤脚能把它们带出很远

怀念它们长在树枝间的夏季
多么骄傲，它们茂盛得遮掩炙热的阳光
把暴雨筛成细微的水珠
掩藏着飞鸟的秘密

而现在阔叶正一片片地落下
一天比一天稀少，白色的枝干裸露出经年的伤疤
秋风吹落悬空的鸟巢
蛋壳破碎，一株株树干

结痂成新的伤口

在华山路上等候末班车
不忍看见阔叶的飘落
转身而逃
夜幕下我比落叶更飘零，飘得更远

（原载《读诗》2014 年第三卷）

瀑 布 辞

苏若兮

当梦开始包庇，小体积的舞者
认识了光亮，黑暗除了迷幻
还有了明媚。我们就像水一样
淌着。抱到了雪花和疑云

可我们不能汹涌
我们要将内心开垦成大天空
里面住进分散的小天使

春光你咬一口就碎了
空气满含青翠就要滴下水滴
梦野像时光一样缥缈而不朽
我不知道，用一生占有你够不够

继续往着开阔老去
看透我，约束我，将我圈围成

万顷的湖泊

（原载《诗刊·下半月刊》2014年8月号）

孤独的王者

苏笑嫣

我无声地对你说话　黎明
我们的理解、默契、安宁
如同一个温暖而平静的词　缓缓上升
在夜的青铜容器里熬制之后
到达融合的高度

空气里是去年全部的星期天
流动迟疑　如同行云的静默
桌上的一只空瓶子对着钟摆发呆
我们安坐　静静地等待

整个冬天　全部的日子都是白色
我还有别的什么可期盼？
那种充实着我　又将我流落得更远的
虚无　无边无际
如同一场不止息的大雪　浩浩茫茫

在这个冬天　我是孤独的王者
这个世界上　唯一的人
我拥有落寞的街道　忧郁的雕像
孤注一掷的日落　和
一朵玫瑰在余晖下金黄色边缘的忧伤

宁静环绕我　犹如低声诉说的脉脉温情

但在这个冬天　我是一个
正在忘掉的人

（原载《诗潮》2014 年第 10 期）

晚　安　曲

苏瓷瓷

我将永远躲在黑暗里为你们歌唱
那阳光之下所发生的事情
除了生育和植树之外
还有什么值得期盼？
一个肩膀处停驻白鸽的少年
很早，就清空了我在世间的位置
你无法与清风明月为敌
你只能与蚯蚓一同匍匐前进
搬运工日落而至
把我们体内坚硬的大理石运往溪水处
深深埋葬后，拖着鲨鱼的肚皮
交还给你，硕大苍白的梦境
装满牧草的世界，正缓缓下沉
白羊站在灯下
反复唱着一首晚安曲
我不需要任何安抚
身为一个女人，纵使不成为谁的母亲
孩子们也会落草而生
被销毁的，不是某一个人的青春

如同，日渐稀薄的，将不再是眼睛

（原载《中国诗歌》2014年第3卷）

十月弹奏

杜　涯

又一次，秋风带着它的光亮到来
事物变得清朗，流云更易散
树林安静、庄严，带点油画的忧郁
墙垣处的红凤仙花也在对镜卸妆

上午的时光，孩子们在校园里诵读
农人们则从田里把食粮运回村庄
他们在白天晾晒，夜晚坐进庭院
头顶，星空无声，时光有万年不变的深延

我每天去散步，在上午或者下午
林荫路一日比一日变得全黄
因为杨树们在努力更换颜色
在村落与村落之间，它们是人类的信念

每天都是这样：收割后的田野丰饶而平坦
农人们在村庄里晾晒、脱粒、生活
我穿越他们的光阴，走进秋光路途
大地的宽广也是华美，是言辞的仓库

有时我会向北方眺望
让自己在那里的深邃中迷失一会儿

当头顶的黄叶随风散落，我就离开
杨树们留在那里：它们将成为秋天的城池

（原载《扬子江》2014 年第 2 期）

花家地的秋天

杜　涯

在透明的光中，新建的楼群默立成冥想
一棵银杏树在街头成为众人的风景
街旁的超市安详、温和，如天使的面容
它出售蛋糕、米面、奶粉和神的甜蜜礼物
商家在喜悦中数着钞票。每到傍晚
银杏和白杨的叶片在路上沙啦啦打转
西边的天空横亘着辽阔的嫣红，像一道
伤口。一个地方，壮丽，召唤迷途者归去

一个又一个的白天连着，居民楼飘着橘子味的
　生活
公交车打着满足的哈欠，运送着日常、善意
美术学院的学生们在楼窗处晾晒着彩色衣服
星期天他们拥到街上，和一群头戴黄帽的
民工擦肩而过，一个修理自行车的微笑地望着
并未停下手中的活计，路旁的中年卖报人
　小跑着
去追赶被风吹走的报纸，而收废品的河南人
刚坐在板车上开始享用寒碜的午餐。有时

我想象重新回到花家地，回到那样一种

存在，生活：它包含玫瑰、暗物质、光、阴影
引领悲苦、欢乐，生者和已逝者的心灵
以及胆怯、卑微、细小，未知和不可名状之物
它指向黎明、认知、终极、抵达和苏醒
它接纳无名、短暂、有限，最终朝向永恒
回到花家地，回到它的呼吸、呈现、完整
但不与魔鬼及高墙签约

在远处，花家地的秋天日益清晰
树木的金黄光影在地上拉长
楼群和站牌温存而可信赖地耸立
秋风相认了澄明，在一切之上延展
一只深情的手将万物的哀伤托起
还给高处的无限，蔚蓝

（原载《诗刊·上半月刊》2014年1月号）

十　年

巫　昂

十年间，他永远对我说
你是这世上我喜爱的几个人
　之一
比起诸多甜言蜜语
这话多实在
喜爱的，几个人，之一

卢梭是我喜爱的几个画家之一
玻璃杯是杯子中的一种

十年间，我们各自历经生活
　的摧残
但都还活着
生活是我喜爱的几种活着的
　方式之一
应该为她喝酒一杯
伏特加，佐以大蒜

（原载《北京文学》2014年1月号）

走 钢 丝

李 云

用最精湛的技艺
心疼着你的心疼，无名鸟
我走在钢丝上
听你鸣叫

你不时地
用神仙的歌喉
眺望身体外
那些浮光掠影

我只用一根钢丝
在你背上
滑来滑去

苦难就是才华

亲爱的，在爱上你之前
我必须爱上
这根钢丝

（原载《诗刊·上半月刊》2014年8月号）

在动物园

李　成

看到栅栏那边的狮子
我真的很失望
空有一副凶猛的架势
却那么懒洋洋
就像一位阔佬
在海边休闲
就像一团即将
渐渐熄灭的火焰

啊　我多么想纵身而下
我要和你赤身搏斗一番
为了唤醒你——
日子不是食来张口
而是如风的奔跑　呼啸　猎杀
穿越丛林　草莽
像一道活生生的闪电
把夜空照亮

（原载《江南诗》2014年第4期）

生　日

李　南

没有人记得这一天了
也不需有人记得这一天了——
生命中有山有水，有神的爱
我的心，已超越了这些凡俗小事。
还好，没有一根白发来要挟我
还好，我昨天破败的样子没有被今天看到。
我走进一家咖啡厅
卡布其诺泛起陈年往事：
在巴音艾力草原
我暗恋过一位骑手。
这些年，我培植屈服的韧性
我喂养心中的鹰。
对于过去的岁月，
我有谦卑之心和不敬之罪。
现在我查看香樟树漏下的光影
我终于可以从容地迈过夏天的门槛。

（原载《诗刊·上半月刊》2014年9月号）

写　诗

李　南

我写诗，长诗和短诗，失败的诗
不能发表的诗……

从一个人的伤口到辽阔世界的疼痛
从青春年少写到了老眼昏花。
常常，我在白纸或电脑前
迷失于词语的森林
而找不到一柄刀和一支枪。
偶尔，我也会走到窗前
看一眼雾霾中的城
它抖动着威严的紫色大袍，未能使我免于恐惧。
我也时常在古典和后现代岔路口
左右摇摆不定
更多的时候啊，我只听从女神引领
给草药加点蜜——把泪水熬成了盐！
诗歌的桂冠请你们去领受
我的野心不大：
在浩瀚的文字中留下，哪怕是一小行诗句
沉甸甸的——像金子。

（原载《诗刊·上半月刊》2014年9月号）

和孩子们谈幸福

李 瑛

年轻时，我们
不知道什么是幸福
如今，它们已埋进远方
若烟若云若水的日子

抱着初生的婴儿

离开产房，接妻子
一同回家，就是

动乱的年月偶然相聚
惊喜地张望着
一声亲昵的呼唤，就是

有风有雨的夜晚
拉上窗帘听音乐、读书
亮在一盏灯下的，就是

或劳动后在月下牵手漫步
或在生日晚宴上看烛光跳荡
或共同忙碌在锅碗瓢盆之间
或一起承受痛苦，一起哭泣

只是那时我们
不知道这就是幸福

如今再无法寻到
丢失的自己和
当年的爱，当年的温暖

珍惜你的生活吧，孩子们
幸福没有颜色，没有声音
常常，它很平凡，就在你
心脏的两次跳动之间
幸福的泪是珍珠
幸福的血是红宝石

（原载《诗选刊》2014年第6期）

生活流程

李 琦

从幼儿园到大学时代
熟悉的师生都说我“太有个性”
而今，我经常因无语而眼帘低垂
却会被认为是“随和可亲”
平庸的力量也可以水滴石穿
当初，多么不喜欢“妇女”这个词汇
如今坦然面对，前面还要相继冠以
“中老年”这般黯淡的前缀

那曾经有些爱我的男子
有的已成为友人，有的日渐陌生，
他们也都循规蹈矩地生活
分别是他人引以为荣的丈夫或者父亲

生活的惯性看似无意
却裹挟了太多的梦想和英姿
到最后，除去寥寥者信守依旧
多数人只剩下一声叹息，满脸倦容

（原载《诗选刊》2014 年第 4 期）

我还是幸运

李 琦

我还是幸运

时至今日，父母健在
这个世上，还有人叫我孩子
还有种种叮咛和嘱咐
尽管，那些话基本多余
早已丧失了应用功能

父母大人，都比盛年时
小了整整一圈
挺拔的不复挺拔
窈窕的不复窈窕
此时，就坐在我的面前
却是逐渐变远的样子

父亲母亲，如今
想到他们就有些心酸
我知道，他们已经分别
写好了遗嘱，不用看
我都知道那文字里的内容

他们会把那有限的
用工资存起的钱，分给我们
还会写上：世事艰难
你们要彼此照料，吃亏是福
要与世无争

（原载《诗选刊》2014 年第 4 期）

给母亲磕头

李 黑

春节回家
母亲腿上的旧病
越发严重了
她老人家说
去求龙王看看
也许就好了
大年初二
我和母亲步行两公里
来到供奉龙王的寺庙
母亲一脸虔诚
磕了三个头
点燃三炷香
亮起两根红蜡烛
看到母亲佝偻的背
在昏暗的庙里
缓慢地俯下
我忍不住在她身后
跪了下去

（原载《诗潮》2014年第9期）

贵 贱

李 皓

一群文人去房地产公司采风

从一个高档楼盘走向另一个高档楼盘
大家纷纷感叹房子越来越贵，买不起
那些售楼员也感叹
看这些衣帽光鲜的货色，怎么
没有一个交定金的？真贱！

最妙的是那天下了点小雨，挺浪漫的
暗合了活动的主题和诗人作家的心境
只是这雨有些生不逢时
与贵如油的春雨相比，这三伏天的淫雨
贱如草芥抑或蚁命

草芥尚可以算作生态，而蝼蚁
在文人的命运里，常常
不知道自己到底是个什么角色

（原载《诗林》2014年第3期）

不　惑

——给自己的40岁

李　寒

多好的一个秋日。水还原为水，
云回归为云。
春天埋下的种子，如今变成了果实。
那些在枝头上的叶子，
有宁静之美，
被最后的暖阳，涂抹上率性的颜色。

虫鸣渐渐消隐，
青草的绿色将退回地下，
而大地，像产妇挺起乳汁丰盈的乳房，
倦怠，安详，
她有期待被吸吮的幸福。

苍穹深远，银汉灿烂，
那些星辰，被高处的风悄悄擦亮，
上升到更高处，
如同古老的象形文字，闪烁其词
究竟向我暗示怎样的隐秘？

繁花落尽，喧哗慢慢沉寂。
语言被省略了，
词，回到最初的含义。
还好，活了四十年，
(这真有些出乎意料！)
我，并没有完全驯服于命运。

选择了自己喜欢的道路，
遇到了最好的人。
十月，是我降临尘世的季节，
此刻，我愿意再一次诞生。
没有什么遗憾了——
前四十年
欠下了太多的人情债，后四十年，
我将用来报答和感恩。

（原载《诗歌月刊》2014年第6期）

再一次经过加油站

李小洛

那个下午我再一次经过
加油站的周围开满了灰色的花
那是生锈的工业之花
弥漫着汽油的芳香
我再一次经过
去加油站背后的那条小路
到达和你一起住过的
深夜的旅馆
国槐树和白杨树摇晃着
那时的枝叶
我拨弄火柴，为你
递过一支下午的香烟
隔着窗子看你
低矮的玻璃
烟气随着芳香一起升起
我们沿着小路走向河堤
我又一次走近河水流经的低地
加油站在身后开着灰暗的黄昏之花
模糊的沸腾之花……

（原载《中国诗歌》2014年第3卷）

青龙湖的黄昏

李元胜

是否那样的一天才算是完整的
空气是波浪形的，山在奔涌
树的碎片砸来，我们站立的阳台
仿佛大海中的礁石
衣服成了翅膀
这是奇迹：我们飞着
自己却一无所知

我们闲聊，直到雾气上升
树林相继模糊
一幅巨大的水墨画
我们只是无关紧要的闲笔
那是多好的一个黄昏啊
就像是世界上的第一个黄昏

（原载《诗潮》2014年第4期）

墓志铭

李元胜

好的小说须有基本的枯燥
好的电影，须有适当的闷
我理想的生活，当然
也得有基本的枯燥

适当的闷

我恐惧着过于精彩的故事
因为总有一天，会有人噙着泪
走到我面前：
兄弟，你演得真好
我都感动得哭了

好的友谊须有基本的距离
好的爱情，须有适当的缺陷
我喜欢你，缘于你微笑时
那细微的不对称

所以，好的人生
须有基本的无聊
好的时光，须有适当的浪费
让我们历经旅行和压抑
眼前终于出现
沙漠般的真实、冷峻之美

这样，当我挥别人世
终于可以欣慰地说——
谢天谢地
我没有相信过《读者》的说教
也没有过上它所描述的生活

（原载《诗选刊》2014年第4期）

夏天的到来拯救了我

李少君

一个雨季我都陷在迷茫里
绷着脸，不笑，经常不由自主地发愣
面对一堵青墙也会出神
整整三个月，我都不爱和谁说话
长发邋遢地在细雨中的大街上走来走去
我和梅雨季比赛哪个闷得更长久

但是夏季的到来治好了我的忧郁症
丽日蓝天让愁郁无处躲藏
清风和爽扫除了荫翳
夏天彻底缓解了我的精神紧张

是的，夏天的到来拯救了我
短发，也使我显得精神了不少

（原载《诗潮》2014年第2期）

仲　　夏

李少君

仲夏，平静的林子里暗藏着不平静
树下呈现了一幕蜘蛛的日常生活情节

先是一长串蛛丝从树上自然垂落

悬挂在绿叶和青草丛中
蜘蛛吊在上面，享受着这在风中悠闲摇晃的自在
聆听从左边跳到右边的鸟啼

临近正午，蜘蛛可能饿了，开始结网
很快地，一张蛛网织在了树枝之间
蜘蛛趴伏一角，静候猎物出现
惊心动魄的捕杀往往在瞬间完成
漫不经心误撞入网的小飞虫
一秒钟前还是自由潇洒的飞行员呢
就这样不明不白地成了蜘蛛的美味午餐

前者不费心机
后者费尽心机
但皆成自然

（原载《诗歌月刊》2014年第4期）

孤独的花园

李见心

当你说，你的孤独是一座花园
我的孤独像一朵轻微的野花
迎头被你击碎
就像彗星撞在了地球上

你的孤独含着重金属的味道
你眨着夕阳一样烧红的眼睛
醉醺醺地望着大地上——

你全部的俘虏

或许我的孤独没有你的老练
像青草托着的火苗
但它不次于你的完整
被你击碎后反而开出了更多的完整

你说花朵的季节在外面
芳香的季节在心里
女人的芳香弄弯了空气
只有绝望的手才能够到蝴蝶的标本

而我知道，想象的花园里
也会有真的蟾蜍
花可以消失在花园中
可孤独却消灭不了完美的孤独

我是你花园中的花园，比绝望还小
自我嘹亮，自我疗伤
就像一个怀抱荆棘的女人
浑身开满不断的鲜花

（原载《诗刊·上半月刊》2014年10月号）

眩　惑

李先锋

早春二月，乍暖还寒。
岩石上两只海鸥抱紧了身子。

迷茫的眼神，在
汹涌的波涛上东张西望。

不是所有的事，努力就能办到。
在这茫茫的海上

就算你把心淘出了血
也别指望能把大海淘干。

欲望是一头永远吃不饱的野兽
到了晚年，才想起禅师说过的谶语。

欠债总是要还的。熬成白骨
也要把骨头与汤一块喝了。

自己熬的，爱不爱喝都得喝。
春天就是那个抱刀问斩的人。

其实春天又有什么了不起
身体里已经罹难的部分

纵然千刀万剐
也没有办法让它开花结果。

岩石上两只海鸥，抱紧的身子
在晚风中微微摇晃。

（原载《诗刊·上半月刊》2014 年 9 月号）

黑夜

李林芳

你要多宽阔它就多宽阔
一匹鬃毛纷披的烈马，一支风声鹤唳的箭
春秋到战国，今夜到明朝
战事历历。路途迢迢
它大开城门，能藏下秘密集结的春天
踩着露水走来的亡灵
他们鲜活的前世未知的来生，都盛得下

旷野苍凉，神灵回来
它还是一双玉手，一块帛绢
轻轻阖上你的眼睛——
像覆上尘世唯一的出口
它还可以更小些
一些唇齿间遗漏的词的碎屑
把你谨小慎微的这一生
秩序井然的日子
都偷出。但不泄露……

这是我的艾涧
她的黑夜里安放着我的箱笼，我的窝屄
我打开的云髻，解下的罗裳
锁在身体里的魅影
我无迹可寻的故乡
她擦亮我的釉彩，去掉矫饰，浮华
我是她烧制已久，再次出窑

一枚沉默，安宁的瓷器

（原载《青岛文学》2014 年 1 月）

每次的相遇都是恩赐

李轻松

每次的相遇都是恩赐……
一匹老马，一轮落日，以及一首长调
在群山中静默下去。那河水中深流的
是那穿过破碎长夜的我的笔
它用最柔软的诗句把世界擦洗——
让动物们的嘴唇如此湿润
让一些植物的穗子纷纷扬花
让一些觅偶的人儿在风中相遇……

那些初出的婴儿纤尘未染
在东风里欢笑，在西风中啼哭
都像一场无遮无拦的掩埋
那些低缓而有力的留白——
就是十万山川的遗忘
或是一寸光阴的静止
就让记取与遗忘一样多吧！
就像登台与谢幕，在繁华处转身
在辉煌时落幕，堪比绝世之唱……

（原载《诗刊·上半月刊》2014 年 5 月号）

在异乡

李点儿

我得学会在陌生之地站住脚
熟悉陌生的店铺和街道
对单元楼里遇到的每个人报以温和的笑
让他们毫不费力就接受
一个初来乍到的小妇人和她心中的万千河山
异乡的星斗格外明亮
异乡的凤尾丝兰开得招摇
异乡的秋天被蛐蛐一声一声叫凉了
我有异乡人一时无法修正的疑虑、忐忑和不安
夜深人静我在陌生之地执笔
在一千二百元月租的房子里缓缓写下
一切尚好，请勿挂念

（原载《诗选刊》2014年第1期）

故人

李点儿

一个死去多时的人
和我握手，拥抱，甚至把我
引向更深的暗处
疑惑是必然的，也会步步惊心
但我始终认为
她不是一个危险的人

她交出了腐烂的结肠和手中的权力
坦白了和生者的关系
她已经威胁不到任何人
但我仍在为她具备穿越黑暗的能力
而微微吃惊

（原载《诗选刊》2014年第1期）

悲伤是这儿的，也是我的

杨　方

这儿，我出生的地方，维吾尔风情的小院
一棵苹果树紧挨着一棵无花果树
这儿，我上学的地方
路过清真寺，有高大的拱门和回廊
每天，白色鸽群和曙光一起落在绿色拱顶上
这儿，卖牛奶的回族人在清晨拉长了声调
——鲜奶子，两块钱一公斤！
是的，这儿，全国只有这儿，重量用公斤计算
长长的夏日，胜利街有阴凉的拐角
是善良的斯德克老汉卖冰糖果子的地方
他每天坐在驴车上打瞌睡
那头灰毛驴，总是睁大着满含忧伤的眼睛
像有无尽的心事无法诉说

啊，这儿，正是这儿
南疆人坐在尘土中敲打着手鼓
赶巴扎的人进城的柏油路马铃清脆

天黑时他们沿着宽阔的英阿亚提街打马回家
留下一坨坨散发热气的马粪在风中播散
他们走向看不见的地方，视野深处
有人耕种小麦，浇灌亚麻，收割苜蓿
有人牧马，放羊，唱忧郁的情歌

但是，山脉，折叠的英吉沙刀子一样沉默着打开
它把这儿隔离在了仇恨的另一边——
从此，十二木卡姆的悲伤是这儿的，也是我的！
石榴花的流血是这儿的，也是我的！
我不能回到刀光闪现的伊犁河边，独自坐下来哭泣
看见受伤的大雁，一只一只哀鸣着飞离
我也不能在葡萄架下的妇女中盘腿坐下
和她们谈论奶茶，盐巴和方头巾
仿佛我再不能奢望回到这儿，死在这儿，安葬在这儿

（原载《诗探索·作品卷》2014年第3辑）

在伤口上建立一个故乡

杨　方

某天你会来到这里，沿着头脑里的条条大道
走到一处荒废的地方，盘腿坐下
如你见过的交河故城，死去多年的炊烟
正从落日的圆孔钻出
干旱地带的无花果树林
自牛奶和月光的白色香味中吸取营养
你坐在那里，不抽烟，不喝酒，只想一些事情
风自广阔的亚细亚吹来，弄乱你的头发

你脑子里另外一些美好的想法，也忽然乱起来
比如，给大地的伤口涂上晚霞的红药水
然后在伤口上建立一个故乡
有河流，马匹，麦田，伊斯兰风格的房子廊檐曲折
钟声从即将枯萎的树木上垂落下来
你坐在花园广场上，犹如坐在熟睡的花园
你一定想过，一个人，能像花园一样睡死过去吗？
能像蓝色一样睡死过去吗？
能像故乡一样睡死过去吗？
哦，都有可能，真的
请认真记下我家的街道，门牌，戴披肩的胖邻居
以及从没有见过的，陌生的一切
你可以成为青年，森林，一首木卡姆歌曲
真的在某天来到这里
在一处荒废的地方，盘腿坐下
像一张治愈疼痛的黑色狗皮膏药贴在那里
而我的故乡，如你所见
伊犁河从不睡眠，日夜逃离它的两岸
夕光在河面上铺开，像一把闪闪的大镰刀

（原载《诗刊·上半月刊》2014年7月号）

那不是飞翔

杨　邪

从凌空的窗台到楼下坚硬的水泥地面
他的轨迹是向下垂直坠落
很显然，那不是飞翔

这么多年，他一直在寻找
怎样离开——
离开关爱他的家人，离开这个日新月异的世界

这一次他终于成功了，以最快的速度
——请不要猜测他是勇敢
还是怯懦，请不要指责他自私自弃

那不是飞翔——
他并不浪漫，只是处心积虑
也无关激情，他凭的绝对是执着

我们应该这样相信，他离开
一定是因为他对这个世界抱有与众不同的见解
他离开，一定是有着太多太多非常充足的理由

（原载《诗林》2014年4月号）

父亲的眼睛

杨　康

父亲的眼睛从三十岁开始
就已经大面积地布满血丝
省略掉爱情，直接进入婚姻
他的一生被生活囚禁

眼睛里的血丝越来越多
死去妻子，断掉指头
他整夜整夜地醒着

眼睛里布满的更多的血丝
像是对生活充满愤恨

刚五十出头，父亲的视线
就开始变得模糊
他买了老花镜，穿针时戴上
哥哥发来短信
他揉了好几次眼也看不清楚

尴尬的父亲，有时候
也只是睁一只眼闭一只眼
不再像年轻时那样
眼里揉不得沙子

（原载《诗选刊》2014 年第 4 期）

悲　伤

杨　键

没有一部作品可以把我变为恒河，
可以把这老朽的死亡平息，
可以消除一个朝代的阴湿。
我想起柏拉图与塞涅卡的演讲。
孔子的游说，与老子的无言。
我想起入暮的讲经堂，纯净的寺院
一柄剑的沉默犹如聆听圣歌的沉默。
死亡，爱情和光阴，都成了
一个个的问题，但不是最后的一个问题。
我想起曙光的无言，落日的圆满。

没有一部作品可以让我忘掉黑夜，
忘掉我的愚蠢，我的喧闹的生命。

（原载《诗歌月刊》2014年第4期）

母亲

杨　键

母亲保留了她当年扛煤炭时穿过的一双球鞋，
上面共有二十一个补丁，
干干净净，
待在鞋柜里。
母亲好像从来没有年轻漂亮过，
她是如何从割麦子的女孩变成在长江边砸矿石，
在解放牌卡车上运水泥的妇女？
她一生做过十三种临时工，
为什么离开泥土一切都变成临时的？
她做梦都想变成正式工，
但一生也没有做成。
我想起成群结队的在长江边砸矿石的妇女，
其中就有我的母亲
用那种蓝色的帆布做的帽子，裹着头发。
刚刚来临的工业把她们圈在混浊的
长江之边。
她们大都是从乡村，
同她们的男人一起来的。
我记得父母亲好像从来没有快乐过，
我们兄弟三个也没有，
为什么没有快乐也会遗传？

我保留了两张照片，
一张是我们全家的，
一律的呆滞、迷惘。
一张是我曾祖的，
表情肃穆、恭敬，只能来自君主时代。
我凝视着这张照片，
久久不忍放手。
窗外的雨水再大
也引不起我的注意，
免得稍一走神，
又被卷入你的河流之中。

（原载《诗探索·作品卷》2014 年第 1 辑）

白　盐

杨秀丽

盐是会走路的，不穿鞋，戴草帽
走在古代煮盐人的皱纹里
走在父亲劳作的额头上
走在微凉的爱情和近视的双眼中

大海退远时，土质变淡
时间从盐里诞生
盐从血脉里往外点灯
我一路驱车回家，靠近大海的土地
盐从古代往现代点灯
煮海做盐的人，也煮着日月星辰

古盐场的桃花开了，红色的盐开了
咸涩的记忆变成甜蜜的开放
唱卖盐茶的人，桃花篮、八角篮和荷花篮
像挑着幸福的摇篮

大海退远时，大地长高
盐是会劳动的，像润物细无声的春雨
从航魂的群雕上走出来
这是英雄的盐，这是智慧的盐
大海的根系，飞翔的方言
青春般沸腾的热血
在人们心中点起明亮的塔灯

（原载《城市诗人》诗刊2014年卷）

傍晚的诗

杨建虎

天色渐渐暗了下来，在秋天的西海固
白杨树颤抖着萧瑟的叶子
傍晚的田野里虫子唱着哀婉
最后的光芒里，我想写下落日、晚霞
一颗沉落的心，像河边树林里笼罩的暮色

不安中，我在暮色中眺望灯火渐起的远方
古堡、房屋、清冷的乡村公路
在模糊的光线中趋于虚无
突然就觉得心灵沉闷，似听到了青草的叹息
在傍晚，我渐渐陷入一片葵的记忆

秋天的原野里，葵在开花
只有葵沉甸甸的头颅
在暮色中呈现另外的风景
而那些我一见倾心的晚霞
多像秋天微弱的叹息

我想把她抱在怀里
于夜晚来临之际，我多想站在一片苜蓿地里
听晚风吹过，其他一些词语
会在更低处，甚至沉默的黑暗中
发出光来，像要呈现一种夙愿

在秋天的傍晚，我忍不住
想象着田野里的空旷
并想在空空的场院里
大喊几声

（原载《诗歌月刊》2014 年第 6 期）

小兰总算嫁出去了

杨景荣

小兰坐在迎亲的车上
左手捂着大肚子，右手不停地抹眼泪
小兰的眼泪里有感激有眷恋也有酸和楚失和落
还有厌和恶恐和惧，就是没有喜和悦憧和憬
小兰捂着大肚子，看了看身边的男人
小兰想，这肚子里若不是个男孩，自己还不知道

要挨到什么时候才嫁得出去

稻田向后退去
小兰的思绪也向后退去
退到半年前退到一间私人诊所里
小兰哭着把怀了五个月大的孩子又做掉了
男人说，都三了
男人说，搞不出一个带把的就不叫男人
男人又说，怀不上男孩拿什么结婚呀
小兰看着男人，此时的男人像冰块一样又冷又硬

稻田继续向后退去
小兰的思绪也继续向后退去
这次退到了三年前退到了一树桃花下
一只公狗和一只母狗在花下打花
男人见了脸变红呼吸加粗双手蒙住小兰的双眼
男人坏坏地说，我们不看我们不看我们不看不看
　不看不看
小兰掰开男人的手，转身抱着男人
此时的男人成了一块烧红的铁

现在车到男人家
爆竹使劲起哄
爬在墙上的南瓜花使劲吹着黄喇叭
小兰左手被男人牵着，右手骄傲地摸着大肚子
这回小兰的大肚子是太阳
炫得男人眼睛眯成了一条缝

（原载《诗刊·下半月刊》2014年2月号）

有时我住在地下

辰　水

有时我在地下
或者说是在地下室里，在楼板的地下，在那
　么多人脚的下面
我被他们踩着，但没有疼痛
高处偶尔我也会去
在家乡的高山上，在政府大楼的顶层上
我曾经试着胆怯地吆喝过两嗓子
但都被汹涌的车流人流吸收了
相比在高处我更喜欢在地下
喜欢和地下那些匍匐在地的伙计做朋友
他们和我一样都是活于这世上的蝼蚁
一生忙碌，一辈子又碌碌无为
如果谁死去就像是死掉了一只蚂蚁
一样地渺小，一样地微不足道
蚁群里漠不关心，人群里无人知晓

（原载《诗刊·下半月刊》2014年7月号）

李小梅拥有的果香

吴　波

在三华里的樱桃树下，我认出
你就是李小梅，你已经当上了祖母
多么幸福，四十六岁

美丽的小学同学

人总喜欢停留在遥远的记忆里，想不到
你已经拥有了这样一大片樱桃林
抱着小不点的孙子。曾经的贫穷
以及劳作没有把你变老
你腰身敏捷地驱飞一群偷啄果实的鸟

你也许看不清我有点惆怅的眼神
而我看清了樱桃和孩子小脸的红润
和属于李小梅的散发着果香的幸福

（原载《诗探索·作品卷》2014年第1辑）

夜色下，忧伤的歌唱

吴乙一

他刚给家里打了电话。母亲说
家中一切安好；天冷了，要记得添衣
他嗫嚅道，过些日子我会寄钱回家

他刚用手机上了一会网
QQ上所有的头像都像冻死的鱼
灰白一片，纹丝不动

他刚看着几个工友勾肩搭背
吹着飘忽的口哨
一阵阵讪笑融入沉默的夜色

他希望回到小镇，回到
曾经厌倦的课堂
隔着围墙，远远看她妖娆的身影

身份证被包工头收走了。他不知道
又是谁藏起了他的押金、工资、假期
还有梦想、欢喜

他刚给心仪的女孩发了短信
“我不只是喜欢你，而是爱你——
很爱很爱的那种”

他心怀忐忑，坐在冰冷的钢轨上
一会盯着手机，一会眺望远近的灯火
现在，他开始歌唱，声音低沉
四周的草木、脚手架、低弱的路灯
纷纷安静下来，轻声加入合唱的队伍

（原载《诗探索·作品卷》2014 年第 1 辑）

所有过往的日子

吴乙一

石台阶一级接一级，陡峭的坡
停着松软的阳光
恰在此时，黄昏的醉意弥漫开来
樟树、繁花满树的灌木丛
收拢闪闪发光的新叶
我们一前一后

像两株不合群的植物，沉默寡言
远山也归于宁静
偶遇素不相识的行人
怀抱一堆竹笋、蕨草，或翠绿野菜
后来，我们说到年少时
没有瘟疫、灾难、逃亡或历险
犹记得，十年，或是二十年前
读洛夫先生的《金龙禅寺》
我也像“一只惊起的灰蝉”
啊，所有过往的日子
原是你我奢华
而又不懂得珍惜的青春

（原载《诗歌月刊》2014年第6期）

日子才是江山

吴开展

这么多年来，离别的苦楚
使我更深悟了夫妻之爱的深沉
简单和坚守。你也安然认领了命运
不再为拥堵的生活叹息
不再为日益塌陷的乳房担忧
而我依然喜欢一惊一乍，在电话里
小声地喊你姐，唤你做丫头

对生活的态度，幸福的理解
小小委屈，我们都是那么不一致
我一直学习着水中的河蚌

外表坚硬，内心柔软
垂怜。你的喜忧，一点点赞美
是我唯一识别路径的参照物

看看吧，生活因我们悄悄在改变
在巨大的生活里
在异乡，一个身患漂泊症的男人
像一艘孤独的船舶，四面是海
浪也是苦的，他从不曾惶恐和退让
没有人的地方，才会偷偷抹一把
他早已有了足够的沧桑和平静
早已懂得——
日子才是江山

（原载《诗探索·作品卷》2014 年第 1 辑）

用拼音给女儿写封信

吴开展

孩子，这样你就可以读懂了
但有些忧伤
我不曾写下，也不敢说出
在远方，我身患妄想症
提心吊胆般地担心着你，怕那些想得到
想不到的阴影伤害你
更担心的是怕你忘记我的模样

孩子，我不是个好父亲
这个愧疚我必须说出

这些年，我在生活面前总是力不从心
与你聚少离多。这些以年来命名的离别
是多么的漫长。哎，一言难尽
但我，无畏，也不惧
想起你的明日，我就不停地奔跑
甚至还仿佛喜欢上了今天的困苦
和未知的险途。你今生的幸福
是我唯一识别路径的喜忧
等你长大了，你就会慢慢原谅
一个父亲的漂泊与亏欠
哎，宝贝儿，分别才几日
我又开始想你了
此刻，我写下了多少个字
就流了多少滴泪

（原载《诗选刊》2014年第6期）

你想遇见的是鹤还是天鹅

吴玉垒

怎样的湿怎样的地怎样的辽阔
让我们相遇？在黄河入海口
你想遭遇的肯定不是我。那大片的
草甸，大片的芦苇
大片的灌丛，大片的云朵
你可曾看得见我？

怎样的风在昨日吹，怎样的水草在今天
摇着我们的醉，怎样的滩涂

苇泽，落日，绿地毯
接纳了我和你，怎样把你我的眺望
一一放晴，然后让你我遇见
一只怎样的鹤

但你说这并非一个以鹤为邻的季节
但我更相信这是一个生长奇迹的地方
我不只想遇见一只丹顶鹤
我还想遇见一只天鹅……

（原载《山东文学》2014 年第 4 期下半月刊）

原 野 记

谷 禾

把原野当成生命的温柔地带，我去它
却愈加邈远。当原野上消失了
蓬勃的野草、杂树、荆棘，而只剩下庄稼
沟坎坟畔的花儿在风中加速凋零，请允许我
独自游过田埂时，心中升起
露水大的伤悲。离开村庄 3 公里
我一步一回的泪光深处
只捉到了电线上的雀点，以及枝头的半片残叶
脚下这青绿的麦苗，头顶着霜露
却并不见老，偶尔有野兔顺着垄沟狂奔远去
似乎它要在惊悚中亡命一生
壕沟里流水不复，哪里还有水草鱼虾的踪迹
蓝天白云凝滞头顶，壕沟对岸
高速公路直穿过围起来的开发区，不用脱去鞋袜

我也能向着灯红酒绿飞去。仿佛
原野已不复为原野，我心已成
齑粉。想起童年时我也曾在原野上迷路
从连片的马齿苋、抓地草间摘下一朵牵牛花放在耳边
隐隐就传来了暴雨般的虫鸣，抬起头来
看见星辰分外密集而明亮，足以照耀古今
让人平静地睡去，不再想醒来
不再侧耳搜寻亲人的唤归
若干年后把住所安置城市的边缘，说明我心向原野
却又被名利的藩篱羁绊
你怀疑我虚伪吧，但请不要怀疑我来自那里
最终还将被它一点点收回

（原载《诗歌月刊》2014 年第 4 期）

外省的月亮

这　样

擦亮的月亮是外省的
一路哭着往东的河流是别人用过的
我有八米远的荒郊
我也是外省的

外省的芭蕉叶垂向大地
没有兄弟姊妹的夜晚，没有母亲在身边的
时代广场，我坐着，像一只贫寒的麻雀
忍着月圆的痛苦和皎洁

变成最后那一点月光，变成湖畔

打太极的老翁。摆夜摊的乡下夫妻
你儿子在背篓里睡着了
你们和我一样惊慌地望着月亮

月亮，你一用力
就更圆了，挂在每一个外省人的头顶
赐我以流浪，我已经很旧了
还占用着大好的月光
两手空空，像一个空荡荡的错误

（原载《诗刊·下半月刊》2014年9月号）

致加拉加斯

沈　苇

加拉加斯谷地是一个鸟巢
一只栖息的鸣禽：加拉加斯
在雨季，淋湿了羽毛
到旱季，全身着了火
这胆怯的森莺
这饶舌的金刚鹦鹉
言辞汹涌，语义不明
——加拉加斯拥有鸟的
巢窝、外形和面具
在起飞之前，它的
羽毛、翅膀、骨骼
化为山峦、胡椒树、大王棕
化为加勒比海的阳光和波涛
并以一种嘶哑了的寂静

与万物融为一体

（原载《花城》2014年第4期）

纸 船

沈浩波

我很悲伤
在这夜的温暖的流血的床上
握着你的乳房，我很悲伤

我很悲伤
亲吻你的嘴唇，我很悲伤
爱如刻痕令我悲伤
你如我心头之肉令我悲伤

液体般的幸福充溢宇宙
我将在此刻沉睡
睡眠像一艘纸船令我悲伤

我的悲伤来自遥远的星辰
那永不消失的
荒凉的气息
人生漫长爱将永存令我悲伤

蟋蟀的叫声被我遗忘
此刻我如此爱你，又如此悲伤
漆黑的纸船，漂浮在雪白的海上

（原载《诗刊·上半月刊》2014年5月号）

大唐芙蓉园

宋　旭

车流熙熙，人流熙熙
你来，如一位上古的书吏
带着足够的情怀，和一场
不大不小的春雨

千里跋涉啊，只为和几棵垂柳
稽首作揖。那些凌波的植物
刚刚剥开了一层淤泥，个个都是
长袖善舞的女子

紫云楼，御宴宫，芳林苑，桃花坞
……你在茱萸台上站立良久，江山万里
已停靠在曲江一隅，三百亩波光之上
颠来覆去的是一个王朝的箴语

这时的大唐，夹在一部泛黄的书里
面壁不语

（原载《天津诗人》2014 年秋之卷）

骨灰戒指

宋晓杰

这时候，肉身无用，就随云雨蒸发去吧
连同人间的浮尘、虚火与种种烦忧
我跟随你秘密潜行于山水之间
无非是你增生的骨节
长途跋涉中，额外多出的隐痛……

昨夜的梦中，无悲无喜地，我死了一回
轻如骨灰——即使浓缩，也无足轻重

人群四散，你下意识地低着头
小心转动着指间的戒指
亮出我的底牌……
——亲爱的，原谅我先睡了
漫漫长夜，你尽可以一寸一寸地疼

（原载《十月》2014 年第 4 期）

状　　态

宋晓杰

我已臣服于命运的安排
它让我低、慢，让我稍稍靠后
我都如实去做了。在那些反复升起的
黎明背后，苦难和屈辱实在算不了什么
我的骨骼冰凉，坚硬，想不起多余的

愤怒和记恨，挟带着过耳的风——

而恰恰，是那些：幼小的、明亮的、温暖的
事物，让我止不住哭泣，星泪纷纷……

（原载《诗选刊》2014年第4期）

静　默

张巧慧

后来喝酒的速度快过了斟酒
漏下的速度快过了倒满
一群四十岁的女人兴致勃勃地谈着祛斑、除皱
声音亢奋，互相称呼亲爱的
低一阵又爆出笑声，不屑地看一眼
不远处那个女青年，她的年轻与故作姿态
酒又干掉一瓶，杯子那么空
像是什么漏了没被接住
一桌子残杯冷炙
其中一个提及被鼾声打断的睡眠
以及淡下去的房事。
窗外杏花旺盛，一只雀追着另一只飞过
女人们有一刹那的静默

（原载《文学港》2014年第9期）

凉水村开着霜一样的花

张洪波

凉水村在春天开出霜一样的花
那弱小又轻易会被融化的花
星星点点躲在村子的边缘
躲在比水还要凉的石头身后

这些花为什么要回避春天的阳光
难道突然的温暖无法接受?
它们习惯了被冷漠和一贯的轻蔑
甚至连一个普通的名字都没有

洁净　无污染　霜一样的花
没有热烈的开放和大面积的铺展
静悄悄的一生　时间不会太长
开着开着就消失在夏天的绿色里了

凉水村在我的国家里也没有什么名气
甚至比一个所谓诗人的名气还要小
就像那霜一样的花与庞大的春天的关系
它只生长成自己满意的模样

(原载《海燕》2014年第2期)

废园所见

张执浩

南瓜藤爬到处暑后就不肯再往
　前走了
肥厚的叶片上长满了白毛
这朵南瓜花快蔫了
那朵正在兴头上
南瓜举着拳头
誓言今生又白活了
而我又看见了童年时的那一幕
如此真切却不真实
——父亲用竹竿撩起藤蔓搭在
　树枝上
南瓜后来就变成了灯笼——
如此明亮几近恍惚

（原载《诗潮》2014年第9期）

萌　　生

张敏华

再次写到你，写到爱，
写到草长莺飞的初夏，
我对你的一意孤行。

解开月河的纽扣，万匹月光

让我透不过气来，
翻飞的鼻翼嗅到了欢爱。

还有迷狂。在饥渴的途中，
重新萌生爱念，
——在你微扬的唇边。

为生命中的约定，
以自己的方式活着，爱着，
多么艰难，不易！

（原载《延河》下半月刊2014年第5期）

肌体零件在耗损

张蕴昭

我一直忌讳“老”字
岁月的镜子毫不留情地照着
随时显露苍老的迹象
于无声处皱纹在我脸上划出印痕
风霜也跟着凑趣
把白色染上我曾经的乌丝

还能捂住这个“老”字吗？
激情、灵感像贪睡的懒猫
肌体的零件在钟摆的惯性中耗损

已成为一段朽木
自己还想分割出一些朴素的木质

像文字一样铺在纸上
依然婉约成诗行
啊！朽木搁不多久就会腐烂

赞美夕阳的歌无论怎样动听
天总要暗下来
得设法让朽木移到阳光下
腐烂可以缓刑
风吹草动像千万根手指摆动
我依靠遒劲的青草
转一转方向滚向阳光地带

从每圈年轮中挤出一些液汁
灌进我的笔在纸上挪步
竭尽全力让我再亲亲诗歌
闭着眼不看窗外提速的火车滑过铁轨
只顾手中提神的笔专心地在纸上耕耘
淡化失眠、老年斑、病态、孤寂
贴着钞针轻轻喘息

此刻解读炊烟飘移的细节
风吹无影　雨打无痕

（原载《诗探索·作品卷》2014年第4辑）

流　年

阿　毛

从诗歌朗诵会后回来

月亮好圆

月亮好圆
也照不到这世上我爱过的人

爱过的人
常令我跟随街心飘落的树叶

不管它去哪里
雨点都会滑入我的双眼

不是它，而是风
不让我说："回到树上！"

果回到花的粉嫩
黄金回到白银的纯洁

故乡的少年用竹竿
敲下或青或红的枣

等我在他乡写满日志的背面
头发已花白

（原载《诗歌月刊》2014年第3期）

其实也真的什么都未曾发生

阿　未

此刻，我坐在湖的另一面

看对岸的一只鸟忽然凌空飞起
我就想，这么寂静的午后，是怎样的恐惧
让一只鸟飞得如此绝望
一条偷袭它的蛇，或者一个正躲在树后的
窃猎者，他们的嘴和枪口
正一起瞄准这个寂静的时刻，当然
这只是我本能的猜测，这时候
我看见这只鸟在空中无望地加速，微弱地尖叫
越过平静的湖面，回荡在我的四周
我开始浑身发冷，左右环顾
午后的阳光和安静的湖水，草丛中
一朵盛开的野花上，两只美丽的蝴蝶在舞蹈
仿佛什么都未曾发生，其实也真的什么都
未曾发生，可是我却心生惶恐
我感到一条张着嘴的蛇和一个黑洞洞的
枪口，正躲在我身后茂密的树丛中
如一双正狠狠盯着我的眼睛……

（原载《作家》2014年4月号）

自言自语

阿未

对刚刚打开的门说话，对满屋熟悉的
气味说话，对灯光下四散着的
灰尘说话，对阳台上那盆
干枯了的蝴蝶兰说话，对墙壁上
按兵不动的一个疑似苍蝇的黑影说话
对在镜子中反复出现的自己说话

对心里开始涌出的隐绰的影子说话
当然，这影子里有人，有猫狗和小兽
乌鸦与麻雀，有前世和来生，有亲人和仇人
有恨的有爱的，甚至有春风和霜雪
粮食与蔬菜……或许是因为
离开得太久，孤独得太久，我忽然
不想沉默了，我只想说话
这原本空荡荡的房间里，一下子人头攒动
蜂飞蝶舞，鸡鸣狗跳，我看到自己
无法抑制的语言横飞，像丰年的庄稼
长势汹涌，像一个死里逃生的人
幸福地回到这匆忙的人世……

（原载《诗选刊》2014 年第 5 期）

阳光和空气

阿　民

我在绞尽脑汁
如果贮藏得当
在不远的将来或许明天
就可以把空气按克卖
把阳光按米卖

那些官匪财阀
即便出天价
一克空气和一米阳光
我也不卖

当然，那些像我父母一样的本分人
我会免费发放
让他们善得善果尽情享用

（原载《诗选刊》2014年第10期）

去 苍 山

阿 华

一个寡淡的人，有植物的命
他来到苍山，只是为了看那些花
把彩衣披在身上，那些花
自己香给自己看

春风十里，绿色刚刚笼罩大地
这儿有岩石，荆棘和阳光
空气好得就像一匹锦，他低下身去
仔细聆听，流水穿过碎石的声音

没有谁来告诉他，云朵下面，是不是
还藏着时间的影子，人的宿命

也没有谁来告诉他，杂乱的茅草丛里
那些卑微的麻雀，又飞去了哪里

这个寡淡的人，有植物的命
他来到苍山，只是为了寻找
每一种植物的细节之美

远处有昆虫在鸣唱，嗓音轻细又沙哑

（原载《诗选刊》2014年第9期）

天色暗下来了

阿 信

天色暗下来了。乌云
低低压迫山脊。
我在山下的屋子，灯光尚未亮起——
那里现在：无人。
我不必急于回到那里去。
我可以继续听着风声，愈来愈疾
掠过身边的草木。
就算天已经完全黑定，下山的路
看不见了，我也想
再逗留一会儿。
我倒不是在等待星群，我只是
有一种
莫名的、难以排遣的伤感。

（原载《诗刊·上半月刊》2014年1月号）

晚 年

陈 亮

那时候不管我们走到哪里都一定要回来
回到北平原，那个我们曾逃离的地方

那时候腿脚也许不利索了，但我们会
相互搀扶着一起去看看夕阳，这个
爱骑独轮车爱恶作剧的老伙计，以前
因为忙碌，真没仔细看过他的表演啊
他的暖会渗进潮冷的骨缝，他会说：
轻松点，不要总拉着脸！我们还会去
村后林中，那里和土堆一样坐着的
都是亲人，我们每走一步，脚和泥土
接触，会瞬间凹陷出幽光。我们会
找到一棵树然后抱着它，它会用叶子
惊讶地说：真好！你们依然还爱着呀
我们会去看望一些仇人，死去和健在的
相信我们会拉着手哆嗦着软了下来
做了一辈子冤家，不容易啊！我们还会
久久站在大路边，望着那些流水的
煤灰的陌生人，近了又远去，只在心中
默默祝福他们有个好前程。在我们晚年
亲爱的！我还会轻轻吻你，你草味
的头发，发木的耳朵，爱流泪的眼睛
流感的鼻子，电线一样纠缠的皱纹
干瘪流口水的嘴唇。我还会去吻你脸上
那些蝴蝶的斑块，每吻一下，他们就
动一动动一动，最后它们飞了起来
牵引着我们一起，竟真的飞了飞了起来

（原载《诗探索·作品卷》2014 年第 1 辑）

春 天 里

陈 亮

父亲病了一年，身体越来越虚弱
才63岁的人，脸虚肿得厉害
头发几乎全掉光了，在胡同口坐着
许多人快认不出他了。他上茅房
都要扶着墙和几棵他早年栽下的树
每一次母亲要去扶他，都会被他
愤愤甩开，然后喘着、咳着，瞪着
牛一样发红的眼睛，几只麻雀
都被他吓飞了。院子里的手扶拖拉机
已经被父亲狠狠地欺负了快十年
锈迹斑斑、蔫头耷脑的，先前
只有父亲才能让它活蹦乱跳起来
我想换个新的，他坚决不同意
硬硬地说他死不了，等病好了
他接着开。说着，还用力拍了拍
这个打着晃向他摇头摆尾的铁家伙
春天了，母亲说父亲有一次真的哭了
哭得很厉害，很后悔，很遗憾
他说他好不了了，让母亲早做打算
母亲也流了泪，她知道，这个
先前壮得像牛，曾经凶狠打过她的
坏脾气的男人已经老了，老了
——在春天里，母亲领着我们
背着父亲，已经悄悄在自家的地里

撒下了那些玉米和花生的种子——

（原载《诗刊·上半月刊》2014年12月号）

我不是你眼里的春天

陈小玲

杜鹃一晃而过，眼眶突然就有些湿润
在开往火车站的19路公交上，坏情绪就这样侵袭了我
是我身上的盔甲还不够坚厚，北去的风它不经意就吹痛了我
在这满是陌生人的公交上，疼痛一阵一阵掠过胸口
我深知，我还不够，是我胸怀还不够广阔
还不能容下这世间许许多多的恶，还不能一口咽下这尘世的苦
多么惭愧，我不是阳光，还不够明亮，不够温暖
还是无法安慰。一株忧伤成疾的小小艾草
我总是时时悲哀，总是对这世界
一边失望，一边还抱以过多的奢求
原谅我，我不是你眼里的春天

（原载《诗刊·下半月刊》2014年1月号）

落　花

陈小素

奔走之余　我要把半个心空出来
给那个拣花的老妇人
密林之中　她的身影多么矮小
蒿草若再长高一点就会将她掩埋
当风起时　几粒槐花落下
滴在她的肩头　发间拢起的围裙
她弯腰　手指轻得像就要触痛孩子的小脚
她把其中的一枚举在指尖上
说：这花说开就开了……
风再起时　落花已成雪
纷扬的花瓣让她与一场谢幕分不出彼此
又一次　她把其中的一枚举在指尖上
说：这花说落就落了……
当风再一次吹起　她的身上落满太阳的光斑
也落满细碎的花瓣
在随风弥漫的酒一般的香醇里
那个上午　有那么一瞬　万物静止
我看见最大的那朵　残损踉跄
带着蚀骨的孤独和美
与那些簌簌落下的花瓣一样
就要耗尽她的耐心

（原载《诗选刊》2014年第2期）

小的是美好的

陈马兴

我摸不到它的边
摸不到它们温暖的细节
这些冠冕堂皇的事物
存在看不见的黑洞
在这物质的世界
我曾被妈妈告知
蚂蚁虽小如尘埃
却也有四处闯荡的梦想
蝴蝶因为轻
可以飞得像一朵蒲公英
小的是美好的
妈妈的话也是小的

（原载《诗刊·上半月刊》2014 年 4 月号）

老　头

陈傻子

小时候
我常常在
邮局门口
看一些老头帮人写信
这些老头
戴着老花镜

收了钱
你要写什么就帮你写什么
你想写多长
就能写多长
你快饿死了
没有衣服穿
你说我吃得很饱
穿得暖暖的
他就写我吃得很饱
穿得暖暖的
几十年后
在文人中间
我还能
看见这些老头

（原载《诗潮》2014年第4期）

无法说出他带给我的悲伤

陈德根

他开始躲避我的眼神
这个和我酷似的人
内心的火苗
已经微弱

时间在替我收回
那些年他撒向我的怒火
这个，我在他的阴影下
生活了多年的男人

老了。我现在
要接受他的谨小慎微
和越来越多的沉默
他的闪烁其词
他的词不达意……

但我无法说出
他的衰老带给我的悲伤

（原载《佛顶山》2014 年第 3 期）

黄昏的窗口

邵春生

喜欢站在玻璃窗前看外面的黄昏
天色按预测的时间暗下来
松树高大的枝干只剩下一团暗影
蝙蝠不声不响地出没
像一把笤帚，扫去最后的光亮

猜不准夜会深到哪里去
接下来可能伸手不见五指
但我依旧清楚地看到手指的存在
它紧贴在窗玻璃上
并在上面留下清晰的手印

在这扇窗户前我已度过三年时光
外边的许多事物发生了变化
有些长久住下，有些不服水土

像候鸟一样飞走
唯独黄昏如期来临，一天不缺

一阵风吹来，贴在窗上的手
触摸到突然下降的凉意
大地进入沉睡，蝙蝠消失的方向
几颗黯淡的星星
让我体味到夜色的苍茫

（原载《诗探索·作品卷》2014年第3辑）

春雨

邵春生

阴沉的天空，终于落下雨点
最初几滴敲响关闭的窗户
使一个喜欢干净的人，有机会
清楚地看见今年的头一场雨
在向阳的玻璃上留下水痕

这些体态圆润的精灵
在窗前，把自己像脆梨一样摔碎
液汁四下漫洇流淌
随手带走时光表层的浮尘

有时候也有三两滴挂在窗边
迟疑着不敢跳下，叫人担忧它们的命运
穿过透明的体内望过去
天色转晴，楼角上端

一片灰云背后泛出苍白的虚光

晚春的一场雨，洗亮了
那些暗淡一冬的树木和屋顶
雨走了，留下一地潮湿
我探身追踪这些即将消遁的身影
举头仰视它们的来处

（原载《诗探索·作品卷》2014 年第 3 辑）

四月一日偶感

邵燕祥

不知何处山水间
升腾起的云气
东一块西一块逍遥地游走
不软不硬的暖风漫过胸襟
漫过排成队的柳树
眉梢眼角绿透春消息
天没有欺骗我们

遥看近却无的草色
鸭绿仍带着鹅黄
唤起从黄变白秋草的记忆
最早探得土层的温度
悄悄地回黄转绿
送到天涯的春消息
也没有欺骗我们

天没有欺骗我们
地没有欺骗我们
欺骗我们的是谁
是充满人间的谎言
是抱着满怀谎言的
言而无信的无耻之徒
视天下人为可欺的

骗子，还是我们自己？

（原载《诗刊·上半月刊》2014年1月号）

题紫禁城北宫墙上的乌鸦

邰 筐

啊故宫。啊故国。啊故人
你终于借一只乌鸦的嗓子
发出了自己的声音
低沉的，喑哑的，战栗的
在暮色里，多么好多么包容
在我大中国
旧日皇上的家门外
一只乌鸦的鸣叫
就像一条命运的缆绳
突然把我和
不远处的护城河、白塔、北海
以及水面上那
轻轻摇荡着的小船
紧紧地连在了一起

把我满腔的悲愤和热爱
与落日下的无限江山
连在了一起

（原载《滇池》2014年3月号）

在江边

邰　筐

没有什么不是浪子的形象
那落魄的落日
那江面上越漂越远的帆影
没有谁比谁更苦命

在江边游荡的邋遢酒鬼
在江滩公园里捡拾空瓶子的老妪
万物总有它化解悲伤的办法
芦苇在水边写着排比句
老柳树在岸上练习倒立
而江水总是混浊、无言
从上游到下游
它用浩瀚包容了一切

（原载《诗潮》2014年第9期）

陪父亲喝酒

邹　旭

我们越来越像兄弟，无语对坐

中间只剩一碟花生
酒瓶在我们手中转来转去，越来越空
是担心我不胜酒力？你一仰脖，交出杯底
转眼，又给自个斟了满杯
酒醉心里明啊，父亲。你的内心
是一座隐秘的火药库
你把它从心底移到手上，儿子面前
变成了节日的绚丽的烟花

好几次，我试着想说声
对不起。一位父亲向另一位父亲忏悔？
你若无其事地拍拍手
拈起一粒最大最饱满的花生
把它送到我的手中

父亲，你醉了。干完最后一杯
你进错了房间
但你装作看你的宝贝孙子
就在我俩相互礼让却又撞在一起时
窗外，新年的炮仗连成一片雄浑的交响，响彻天宇

（原载《诗探索·作品卷》2014年第1辑）

正午的阳光那么明亮

林　莽

正午的阳光那么明亮
道路　山坡　卡乌卡河发出耀眼的白光
费尔南多先生带领着我们

穿过一座百年的拉索桥走进一片绿荫
在高大的广玉兰的浓荫下喝上一杯

几行铭文和一座青铜坐像在阳光下
它们面对当下　记下历史
以乌绿的锈色与我们对视
它们看见一群南美和来自中国的诗人
围坐在一起微笑　眺望　举起各自的酒杯

一个在桥头上玩陀螺的孩子
引我们记起了童趣
有人想一试身手
那小小的陀螺的旋舞
突然让这个世界变得无限小

卡乌卡河默默地流淌
正午的阳光那么明亮
一座百年的殖民时期的老桥
在我们脚下轻轻地摇晃

（原载《诗潮》2014 年第 4 期）

屋顶上的月亮

林　莉

我们坐在屋顶上，吹风
看月亮
晃动悬空的双腿
咯咯笑，裹着油菜花的粉蜜

低处，河水银光闪闪
我们像刚上岸的美人鱼
银光闪闪

无数次我辨识过
我们之间到底谁更不幸
你依然年年十四岁，裹着
油菜花的粉蜜，咯咯笑

今夜，河水绕过石阶
银光闪闪
我一个人坐在屋顶，吹风
看月亮
我尚孤悬在沉默的屋顶

（原载《诗刊·上半月刊》2014年7月号）

另一条河流

林 莉

一些灯光落在它身上，影影绰绰
仿若它和我一样生来彷徨，一次次
成为忽明忽暗的物种，另外的
仍坚持顽抗，在凹陷的奔流中
与自我谈判、审视、抵消

就像那个夜晚
在渡口我没有遇到摆渡的艄公，也没有船
“几十年，什么都没有看见”

"咬咬牙就都过去了"

就像那个夜晚
天都那么黑了，我还不想轻易开口
一句话反复憋在心里，活脱脱一个
胸怀老虎的哑巴

对面的河水不依不饶地沉默着
像另一个眼巴巴瞪着我的哑巴，两个面面相觑
　的哑巴
谁也不愿意先吐出胸中囤积的黄金
谁也不会说出什么才是变幻莫测的人生
什么又是苦不堪言的曾经

（原载《中国诗歌》2014 年第 8 卷）

小城打铁铺

林典刨

这么多年，磨，磨，磨
各自的脾气，各自的要领

我喜欢隐匿在破巷子里的
打铁铺，"叮当、叮当、叮当"
生铁烧熟，反复锤打，淬火
修炼的过程，用力但不着急，一整个下午
我迷离那"叮当、叮当"的声音

我懂得，自己的不合时宜

就像摆在前台的柴刀
自恋刀锋恰好，手感绝佳
事实上，世上已经没有砍柴夫

在福鼎，慢节奏的小城
人声鼎沸，摩肩接踵的场景，一天一天增多

我孤僻地混迹在人群中
所幸还有你老和我争执
关于火候，关于力度

在外人看来，我们为输赢面红耳赤
去年年底，最后发现又是平局的一年

（原载《中国诗歌》2014年第7卷）

日　常

林宗龙

谷雨将至，无雨；
风一吹，玉兰的花瓣
就落在了透明处；
清晨买完菜，妻子和我
会从荷塘路穿过。
树木掩映，地上的光
像从圣经上漏下来，
微润，细密；
这容易让人忆起
远方的朋友，以及火车上

发生的事。
那年立秋，多云，
我去了一趟北方，
天空高远，
白杨孤独，收割完的谷物
在平原上堆成小山；
我惊异于这流动的宁静，
像此刻，我无比欢喜于
这简单的日常：
谷雨已过，小满，芒种……
在回家的路上，我牵着妻子
小心翼翼地走着

（原载《诗刊·下半月刊》2014年3月号）

天使来过

卧　夫

人前人后，近处的是狗
远处的是狼。天使没忘了把翅膀带走
我推着火车追赶了一程
想把三座大山也同时推倒
天使并没感动
因为天使对自己很少信以为真
并在心里虚构了一根刺儿
以为一直都很疼痛
大雁南征或者北战撩起的风声
把天使启发得心花怒放
弦外之音也是一种音乐

爷爷说：属牛的今年不一定那么牛气
天使说：春天的早上感觉真好
我说：我只相信天使曾经来过

（原载《扬子江》2014 年第 5 期）

西峡银杏树

雨 田

你像我一样　生长在一个残疾的时代　真的
我们在崇高　自由和爱的阴影里挣扎
直到人世间没有喧哗　也没有痛苦

是啊　在中原的西峡　不是虚幻的旅途非常快乐
谁能想象出你千年品质的模样　我所有的感情
都起不到作用　你没有在风雨中死亡

在你的面前　我沉睡了多年的思想开始苏醒
我心旷神怡地站在这里　如同站在帝王的家园　伴着
清亮的流水声　写下这些并不成熟的诗句

西峡银杏树　你知道吗　忧郁的诗人　他今天
唯一真实的情感是孤独　但却被你
——这个坚强不屈的美人俘虏　而我只能向你屈服

（原载《山花》2014 年第 2 期下半月）

灰 尘 诗

郁 颜

小时候，满地打滚时
全身都是灰尘
年岁越长，它却变得越发不易察觉

如同这个整理书房的下午
无意间才发现，它已经无处不在
在擦拭中，延长了我的羞耻和愧疚

这些年，趁着年轻
虚度了不少光阴
有过欢乐、骄傲，也有过悲伤、痛楚
而更多的是惘然和懊恼

可是，我是否已经明白
这一生，更多的灰尘
来自一颗心
一颗泥土做的，被时光遮蔽的、易碎的心

死亡如此空旷
黑漆漆的，一望无际
终将灰尘般，慢慢覆盖人世的每一寸
它不是一件具体的事，却真实地夺走了我和
　万事万物的身影

（原载《诗刊·上半月刊》2014年5月号）

传统家庭

非　亚

我们三个人，各自坐着：父亲，母亲
和我，我们三个人
彼此各自独立

我们说着话，带着轻微的手势
有时波动，有时起伏
那穿堂而过的空气

三个人，像三块无形的
磁铁，在房间
连成一个整体

幸福和安详，多么像
一对鸟儿
落在我们的窗台

这是平常生活的一幕：父亲，母亲
和我，难得地坐在了一起
感恩的光线，洒在地上

（原载《诗探索·作品卷》2014 年第 2 辑）

蝉　鸣

罗兴坤

仿佛，要把前世忍受的所有黑暗
都掏到今生的太阳底下，让它重新发光
仿佛，要把来生需要承受的所有孤独
提前放在今生的歌声里，让它发出声响
高处的歌唱，像这七月浓重的绿荫，一浪高过一浪

远处的蝉鸣，多么像不甘心的砂纸
在生活中加了更多的刺耳的声响
在岁月的打磨之中，我时时紧咬牙关

但我在粗粝的生活里
已经掏空满怀激情，过多的虚妄
造成难愈的耳鸣

（原载《南飞燕》2014 年第 5 期）

牌楼，高处一朵石莲

罗鹿鸣

一座金碧辉煌的宫殿
宏大，壮阔，肃穆而庄严
我呢，只是宫殿前貌似孤独的
一座坚定不移的石牌楼
在游客最先看过之后

便被亦步亦趋的脚蹬在外面

不，我还不是那繁华落尽的牌楼
失意在黄昏的雾霾
我只是牌楼上一朵开放的石莲
如过江之鲫的幢幢身影
有谁会驻足瞬间
人们只一味地向前，向前
对高处的事物
不是吝于仰望，就是视而不见
莲的清芳飘散在四野之间

（原载《中国诗歌》2014 年第 8 卷）

曲 有 误

金铃子

曲有误啊，公瑾。来点风，懒懒地吹。
你左眼皮往上一扬的姿势，腰挂宝剑
云收雨住。
我会悄悄地瞟上一眼。
八面埋伏，混着青巾白袍，虚扎营寨。

我爱，取我刀来，我要统兵三千。
我不能说出那些思念，
不能说出，我想你了。想那些被江水冲刷千年的苦啊，
在暗夜的江火中，口含铜弦。
我两臂高高举过头顶，合上双眼
我今偷生而来，乘着风月，放养马匹。

只等一个宿醉未消的清晨，
直取西川。

（原载《诗选刊》2014年第4期）

天　堂

金铃子

我绕过那个我称为Z的男人。
就像十年前，我第一次到九寨沟时绕过一对芳草
　海里的鸳鸯
我在有意无意间泄露我，行走的寂寞。

就这样被你彩色的经幡迷住了
我三步一叩。我这样等你。
等你的猎豹从山海经里奔出来呼应我。呼应我神
　秘的长海
那受惊的马与它喘着相同的粗气。

（原载《诗选刊》2014年第4期）

一直想写这样一首诗

周冬梅

一直想写这样一首诗
主题像红薯填饱饥饿的肚子那样简单
风格像泥土那样朴实
情感像麦粒一样饱满

一直想写这样一首诗
一首在冬天也有温度的诗
每一个字，有阳光的笑容
每一个词，有花开的美感

一直想写这样一首诗
一首能给农民工止疼的诗
一首像土豆狗蛋一样亲切的诗
一首让留守儿童和空巢老人都
听得懂的诗

如果那样，当小鸡牵着我的诗歌拔河
当麻雀捡拾起不加修饰的音符
留守儿童和空巢老人的脸上
就会写满幸福

（原载《中国诗歌》2014年第7卷）

在钢铁厂

郑茂明

在钢铁厂
除了钢铁的碰撞声和机车的嘶嘶声
你根本听不见
自己的心跳，内心的嘶喊
这些年，发出声音的部位都累了
你得学会让身心顺从机械的动作
顺从无声滑落的时间

像这铁，不断改变自己的形状
它的硬度和冷峻从没有改变过
即便被切割，被熔炼
它也不吭一声
在钢铁厂，还有更多的铁
冷却了热度，伤口和隐忧被翻卷、掩埋
我是另一种铁，早已锈蚀
看见了一切，却发不出声响

（原载《诗选刊》2014 年第 6 期）

火 柴 盒

陌上吹笛

我的所爱不多，火柴盒是其中一个

1995 年，祖母去世，我痛哭：一支火柴燃尽了
再不能带来看得见、摸得着的温暖

这么多年，我沉默，羞怯如一截冰凉的小木棍
即使爱着也决不轻易把自己点燃

只在寂静无眠的夜里，才敢亮出心事——
火柴盒是多么小的
一个抽屉，在打开它之前
我重新调整好呼吸和心跳，并拂去，上面的灰

（原载《诗探索·作品卷》2014 年第 1 辑）

桂花叶书签

赵　青

沿桂花叶书签打开日记
仿佛翻开了那个秋日

从太阳还未落山
就一直在引吭高歌的大喇叭
忽然安静下来
我们穿过竹林
绕过开着淡紫色花的红苕地
来到江边的桂花树下
四野无人
树叶沙沙作响
月光透过幽香四溢的一树繁花
照亮你的脸
有片桂花树叶的影子
一直在你的唇边微微晃动

你说起吴刚与嫦娥的故事
谈到总能发出新枝的月桂
整个晚上
我却反复在想一件事
如何才能摘去
挡在我们唇际间的那片叶影

（原载《诗探索·作品卷》2014 年第 3 辑）

荷

赵德龙

浓墨在上　汉语的词句有了才气　香气　灵气
从诗人的骨头里走出的
唐诗是藕　宋词修辞的女子是荷
灵感就是那只早立上头的蜻蜓
她的乳名　亲切　神秘　幽香

三条游鱼成佛　掌管前世今生
您就是端坐在来世的果　兰花捏指
两朵荷花　一片净土

（原载《中国诗人》2014 年第 4 期）

白塔寺与前抄手胡同

赵德龙

佛站在远处的白里目光雪亮　像这白塔
一言不发　从元代的石头做起　做你的繁华　梦境　雷火之劫
以及几位帝王的指纹　岁月庄严地老去
这几株树就是那赶考的书生　胡同里有光递出
哪家闺秀逃离的寂寞　被青砖缝隙里的柔情握住了脚踝

前抄手胡同　你的乳名和幽怨曾是一位喇嘛的知己
经筒难眠　一条老街曾把月光掖进衣襟　翻身睡去

炊烟是想象的　温暖就是扑向怀里的孩子

（原载《中国诗人》2014年第4期）

去楼下寻女儿得句

草　树

新装的春树在摇荡。游乐场
孩子放学后，在荡秋千
我牵着她。鸟鸣稀疏，节奏明快

任何关于爱的谈论或精神乌托邦的构建
不如头顶的香樟又黑又老的枝干抽出的新芽
这般具体、直接，富于启示

（原载《诗选刊》2014年第5期）

时间是用来浪费的

草人儿

我喜欢这样
让时间水一样漫过你　漫向我
水草一样　我拦住涟漪　又放弃了涟漪

我喜欢这样
在太阳下行走　拉紧你的手
风吹过你　吹向我
花草一样　我接住了芳香又送远了芳香

我喜欢这样
在太阳下伸出手
拿出生命的一小截
编一个花环挂在胸前
大风中　能挂多久挂多久

（原载《诗刊·上半月刊》2014年7月号）

我　知　足

荒原子

活到现在，我知足
背靠着的时光，一点点老去

时差度量的中年
在沉默的词语之间，爬行缓慢
像是生活中某些隐秘的细节
像是声音说着尘世的谜语
像是一切的美好，若有似无

我保持简单的样子
紧闭双眼，想象
窗外，雨打芭蕉

（原载《延河·下半月刊》2014年8月号）

也许不是那样

荣 荣

他一定在她的身体里动了手脚或干脆
拿走了一部分

这让她惊惶于自身的零乱
感觉总在不停地失落

离别的伤感因此演变成新的恐惧：
一切全是谬误　而她只是其中的梦游者

想念里也有越来越多的撕痛
即使他仍可能再三再四地出现

（原载《诗潮》2014年第9期）

声　明

荣 荣

别试图从我的诗句里探寻秘密
我只是两手空空的絮叨妇人

我只是描画了我现实的欢喜
煞有介事地许下生许下死

这稀世的梦境　早渗入世俗之沙

这建在纸上的殿堂　已被宿命之火舔舐

当我一次次纠结于流水
当我一次次抱住狂风

凋残的秋日之叶
正配合我唏嘘的鼓点

如果你爱上我的诉说并潸然泪下
你也正在经历黑夜

只是　别重复那些失意和背叛
它们全来自我被摧毁的想象

来自坎坷的现世之痛
这被反复吟咏的欠缺之美

(原载《诗刊·上半月刊》2014 年 1 月号)

峡　谷

胡　杨

肃北峡谷，宽幅面的石滩
窄的水，一只山羊能过去的地方
狼躲避着

羊道，散落陈年的粪便
风打扫，吹往一处
已积累厚厚的一层

不时有鹰穿越
尖厉的叫声
在峭壁上打滑

悠闲的毛驴车
像是走到哪里算哪里
一缕炊烟扎进夜晚
睡眠就踏实了

有足够的草撑过冬天
把一块又一块的冰
熬成奶茶

这日子越来越暖和
就像刚刚出锅的羊肉一样

（原载《诗探索·作品卷》2014 年第 3 辑）

风 雪 夜

胡 杨

可能是幡被撕扯掉了
原来啪啦啪啦的声音
猛然卷走了

两个人坐在毡垫上
炉子里的火苗也呼呼呼地叫着
像丢了一个同伴

两个人不说话
心里的话却挤成一团
真想到外面的风中
让风把那一团话
像羊毛和草席一样吹走

风雪夜
奶茶越熬越酽
能够轻松喝一口的时候
是风雪停止的时候

（原载《诗探索·作品卷》2014年第3辑）

午间小睡

胡　弦

芭蕉肥大。山茶花落了一地。
蒙眬中，听见雨还在下，听见
一首从未听过的歌，其中，藏着某人的前世。
而熟睡者大概像一块顽石，比如，
不远处山涧里的那一块，任流水缠身，
用轻微的鼾声换苔痕的呢喃。
而在梦的边缘，流水继续向下，像是要出山，
最终，却又放慢脚步，汇入深潭。
那是昨天我们一再谈到的深潭，在被
梦见时，有点陌生，为了
和雨般配，扮作一件不发声的乐器，把自己寄存在
山谷空旷听力的深处。

（原载《诗选刊》2014年第9期）

年轻的时辰

胡　弦

楼上有个小孩子在弹钢琴，
反复弹一支简单的曲子。
——部分已熟练，部分尚生疏。
我听着，感觉此刻的生活，
类似这琴声变调后的产物。

我的母亲和伯母在隔壁闲话，
一块红布上，写着她们敬仰的神。
河水从窗外流过，
那神秘、我不熟悉的控制力，
知道她们内心的秘密。

墙上挂着祖母发黄的照片，
白皙的手，搭在椅子黝黑的扶手上。
她年轻而安详，像在倾听，
也许她能听见，这琴声深处
某种会反复出现的奇迹。

（原载《诗选刊》2014 年第 4 期）

与郑小琼聊天

胡　桑

我们谈到一代人。问候重复了无数遍。

在冬天，像两个沉重的老人，减少热度。

我们付出了激情，却并没有获得未来。
傲慢，让我们加速进入尘土的序列。

理想得不到长久的宠爱，此刻，
我们只能服从于静默，并且带着执拗。

我们之间隔了两三个省份，
你经历了火焰，我学会了压缩愤怒。

我日益冷漠，而你依然那么谦逊。
我可以看见你同情的天赋。

人生来是为了一次漫长的告别，
于是，我们工作，生活，等待。

只有卑微的人们接纳了我们的眼泪，
最大的勇气是，在别人的羡慕中承认失败。

或者从自己的梦境之中走出来，
和烈日中的黑暗相遇，和危险相遇。

（原载《诗刊·上半月刊》2014年5月号）

抒　写

胡　澄

冬日的太阳

从两栋房子之间升起
刷新万物

我坐在阳台上
键盘的敲击声
在我的身体中（摁下删除键）
——无论怎样挽留
这一日都将被删除

然而　我感到欣慰
在万千可以度过今天的方式中
我的选择不容置疑

捧着一本诗集
我渴望并满足

向着最终的虚无和寂静
我寻找曾经活在心中的
雀鸟般的词语

（原载《人民文学》2014年5月号）

美声唱法

胡的清

一声鸟啼，紧接着一声
又一声。一串串穿起来
再抖开，大把大把播撒
纯金的种子。我听出是两只鸟儿

在那里一唱一和。就在隔壁
那一对夫妻，平日里总是
恶语相向。仿佛一起生活了
几辈子，早就烦透了对方

森林离我们远去。两只鸟
在城市的肢体上，迷失了形状毛色
甚至属于自己的属性和名称
但这并不妨碍我的想象

把他们——我是说两只鸟
在脑海里描绘，挥霍优美的线条
色彩，却始终无法表现
那种琴瑟和谐的音韵

就在隔壁，那一对夫妻
同时拉开窗帘，探出头来谛听
我看见他们抿住嘴唇
温柔地，对视了一会儿

（原载《诗刊·上半月刊》2014 年 9 月号）

有些雨滴……

胡刚毅

有些雨滴是奇特的
不像春雨潇潇洒洒竖着下
不像夏雨哗哗啦啦斜着下

不像秋雨温温柔柔飘着下
这些雨滴种类多多，譬如
稻穗、豆子、玉米、麦粒……
铺天盖地洒向万物之灵
——人类，滋润脆弱的生命
它们横着下，迂回曲折地下
转弯抹角地下……
每转一个弯、绕一个角
都闪着汗水和智慧的光泽

稻田麦畦的云朵
纷纷扬扬下着雨，一场又一场……

（原载《江西日报》2014年9月26日）

走在山里

柳 沄

和几位诗人一起
连说带唠地走着
偶尔也会夹在他们中间
和自己一起走着

就这样走着
毫无目的地走着
蜿蜒的山道乐意通向哪里
我们就跟随到哪里

山沉默不语

一路上，它们
待在远近不同的地方
同时看着我们

哦，它们始终在看着我们
就像我们有时停下来
低头看着脚下
几只蠕动的虫子

对于我，这种
感觉特别强烈
在群峰耸峙的山里
这种感觉越走越强烈

当天色暗下来
当我们换了个方向掉头回去
这种感觉
变得更加强烈

（原载《诗刊·上半月刊》2014年7月号）

槐花开了

隋　军

先是一串两串幽香地开放　比风柔
后是一树两树洁白地绽放　比光静
欲滴的槐花咬紧小小的嘴唇

繁盛的花朵在林间无极地怒放　又轻又软

绿叶挽不住白花了　只好撒手
任它们随意地弥漫
细雨听见了色彩飘落地呼喊

这是五月的北方
一串串的白色花朵唤醒了绿叶
那个红衣少女轻盈地走过
和它们说些了什么　便与春风渐行渐远

（原载《诗探索·作品卷》2014年第1辑）

多年之后

泉　子

在我几乎每天都要经过的小路尽头，
仿佛突然间升起了一堵墙，
一个白色的庞然大物，
它会在今后数十年，
甚至上百年中凝固在那里，
但我的手指并没有触到那冰冷而坚实的砖石，
那么，它是否是真实的？
当若干年之后
当另一个人代替我站在这里，
当他看着此刻正矗立着的那砖石结构的庞然大物
以及身后将我引向了此刻的驻足之地的蜿蜒小路
终于消失于一片疯长的野草
或另一片钢筋水泥的丛林
他是否会问，他是否会记起
那个曾经的“我”？

而他们又都去了哪里？

（原载《诗选刊》2014年第4期）

反目成仇

侯马

他听信谗言
突然跟我翻脸

几次剑拔弩张
打斗一触即发

往日密友
竟成最大敌人

我做好开打准备
将一条铁链勒在腰间

一次次怒目而视
一次次等他升级

我懒得解释
不屑和解

半夜醒来
摸着被铁链勒弯的肋骨

终于，我忘了他的名字

只剩下模糊的仇恨：姓谢

（原载《诗潮》2014年第9期）

向一棵树道歉

祝成明

今天，我要向中心广场的那棵树道歉
昨晚我喝醉了酒，抱住你不放
这没有什么。我还向你絮絮叨叨地
倾诉了一大堆怨言，不管你愿意不愿意
这也没有什么。最后
我还在你脚下吐了一地的污秽之物
今天，酒醒之后，我要向你道歉
请你原谅我的无知和浅薄
我是一个心灵空虚的男人
在灯红酒绿的城市里迷失了方向
请你像对待一只小鸟和一缕晨光一样对待我
赐我宁静和坚定，安于脚下贫瘠的土地

（原载《诗选刊》2014年第4期）

家书：给草人儿

娜　夜

草儿：
保加利亚的自然风光很好
女孩子身材美妙

大街上抽烟的
从游泳池里出来的
就更美妙
我今天到瓦尔纳了
住黑海边
这片海在不远处的希腊
又叫爱琴海
我的阳台伸向大海
有海鸥来去
有日出日落
祖国应该是黄昏
你该做饭了吧
咪咪在弹琴?
我在晨风中
柔软的沙滩上只有我和一只安静的狗
走走停停
草儿
我并没能把中华人民共和国的忧伤
扔进保加利亚共和国的黑海里
我还在不断想起……
比如此刻
比如下一刻

(原载《青年文学》2014年7月号)

没有比书房更好的去处

娜　夜

没有比书房更好的去处

猫咪享受着午睡
我享受着阅读带来的停顿

和书房里渐渐老去的人生……

有时候　我也会读一本自己的书
都留在了纸上！

像一些光留在了它的阴影里
另一些在它照亮的事物里

纸和笔
陡峭的内心与黎明前的霜……回答的勇气
——只有这些时刻才是有价值的！

是的　我最好的诗篇都来自冬天的北方
最爱的人来自　想象

（原载《诗选刊》2014 年第 5 期）

飞云湖上

娜仁琪琪格

深山巨大的明镜　用来照见两岸的青山
树木与花草　放飞一行又一行白鹭
鱼儿必须潜得更深些　躲过飞鸟尖利的喙
它们较量的是速度　是机敏
无时不在的危机　平静的水面
没有一丝风起

这35.4平方公里的水域　此时用来漂荡
用来放飞思绪　或者打捞记忆
我站在船头　长发飘扬
和几位不肯回到船舱的诗友　尽览碧水天光
看船只划破水面　翻卷白色的浪花

我们和太阳捉迷藏　漫不经心地聊天
等待一个语言的出口　失语
在自然的大美中　诗人也成了哑巴
需要神灵的启示与恩典

从游船到快艇　从慢到快　送走了两岸青山
又迎来两岸青山　一个又一个弯度　山重水复
碧绿的湖啊　装下秀丽的山川　瓦蓝的天空
飞动的云　人类生存不可缺少的磷和钙
我回首——散落细碎的黄金与白银

（原载《诗选刊》2014年第6期）

关于顶峰

骆　英

顶峰　是一堆烂硬的石头
或者说是一片冰冷的天葬台
他赤裸并无顾忌
等待着死亡者或者将死亡者来临
他每天放逐一匹马
却决不任人骑在它的背上

他过于伤感
因而他总是浓雾遮面
他佩戴着白骨的花环
但他也坚守秘密
从不说出死亡者的任何性别和年龄
在顶峰时刻他一定吹起狂风
他说　上帝的孩子们正在午宴
他叹息时会让任何恋人心碎
于是他就随手扼断登山者的喉咙
他让登山者窒息而死
他让一只鸟从空中粉碎
他说顶峰是上帝的露台
是上帝降临人间的踏脚石
死亡者是上帝不经意间摘落的花瓣
如此
登顶者都是人间的密探
归来时喝过上帝的密酒
他们醉后杀死了其他登山者
其实　他们也被其他登山者曾经杀死

（原载《诗歌月刊》2014年第2期）

杜　甫

钱万成

那年桃花绽放的时候
在天府成都
我和一群诗人坐在你的草堂里
谈玄论道

从风吹茅草说到你当时的心境
晚风突然停下来
树叶也十分沉静

庇护天下寒士
是一种境界
更是一种情怀
李白躺在长安饮酒作乐
白香山醉倒青楼
在桃花心里做梦
唯独住在茅屋里的你
还想着这些潦倒的文人

我无法猜测你的初衷
我只能以我的方式
表示一棵小草对一棵大树的崇敬
朱门酒肉臭
路有冻死骨
车辚辚马萧萧
在那样的岁月
你忘却了自己
我断定无人能够做到

今天，偶然想起你的诗句
想起你
想起那个集会的春天
想起花溪和草堂
还有那些忧国忧民的兄弟

（原载《诗刊·上半月刊》2014年2月号）

一滴墨水

晓 弦

一滴墨水在黄昏走失
在春天的潇湘馆，一滴蝌蚪似的墨水
化作一幅仕女图，或者画轴里
一条喵喵叫春的猫

一滴墨水，当她踮起脚尖伸长颈子
一滴墨水依然是一滴墨水。当她隐身于
一支狼毫的亢奋与瘙痒里
或者，沥滴着作迟疑状
她仍然是一滴上好的墨水

而就在画家们抖开宣纸
收藏家伺机待沽的当口
一滴檀香的墨水
终于耐不住寂寞
纵身化作酥痒的暧昧

此刻，一只褐色的蝙蝠
在夜的瞳孔里一寸寸迷失

（原载《诗刊·下半月刊》2014年3月号）

元宵节

徐向峰

人到中年，花灯与焰火都可以
省略。但今晚的团圆饭一定要吃
亲情此刻约等于一碗汤圆
约等于一席温馨的短暂咀嚼。
这只是我的一厢情愿。有些事无法
抄近路，往往迂回，或反向。
看啊，孩子们的欢呼多像焰火，而母亲的
安详酷似一盏旧式华灯。
其余的人则在不经意间被欲望
着了淡妆。那时的我
像是一个远亲，更像走神的局外人。
我有独处的毛病
饭后喜欢溜达，反刍那些多余的
月光、星晖、鸟鸣、花影
以及若有若无拂面而过的微风。
我囊中羞涩，而它们恰好
不用埋单。

（原载《诗潮》2014 年第 5 期）

茶道

徐南鹏

只要一小粒目光，就足够了

深情，总有意味，总嫌不够悠长

我也热衷于投身沸腾的时间
不管不顾，看爱怎样牵手、起身、舒展
看一腔心思，怎样消解、融洽

我不冥想，也不走神
只紧紧抓住，舌尖停留的一点香
像窥见神迹的人，从此欢喜、自足

你安静坐我对面，慢慢啜饮
像在倾听，下午的身体里
轻轻走动着我的爱慕和祝福

我也是那古代的人，信守诺言
多年后，依旧给你沏茶
陪你品茶，反复讲论君子的茶道

（原载《泉州文学》2014年第4期）

蛤　蟆　颂

徐俊国

走遍田间，我偏偏爱上这
丑陋。它自卑地蹲在泥水里，
像一块青铜压住大地苍茫的一角。
雨点砸下来，眼不眨，脑袋不歪。
我悄悄经过它身边，它沙哑地
喊了我一声。

猛回头，我湿湿地看了它一眼，
心里啥都明白了——
我们的命都是一样的，都无法
脱掉这身粗糙的脏衣服，无法翻出
五脏六腑，让远道而来的人瞧瞧里面的
鲜红和柔软。这些年，它吞下的孤独
比吞下的害虫多，吐不出一个字，
道不尽冷漠之下的炽烈与焦灼。

（原载《诗选刊》2014 年第 3 期）

沉　默

般常青

心要静下来，爱是一生一世的事情，
是现实的，一心一意的体式，心仪的速度，
是在寂寞中忍住寂寞，在惊喜中忍住惊喜。

心要静下来，你要用沉默与爱通灵，
爱是推门出去的人，你要留在这里等，
要无声地在小小的心脏里做着填空题。

心要静下来，让爱从身体里自己发芽，
长出快活的小孩，你不要出声，你轻微的
叹息，我怕也会惊散了一个神话。

一个人如果能用沉默隔开世俗与平庸，
就是一个经历丰富的好爱人
一个真正的王子。

（原载《诗选刊》2014 年第 6 期）

慕白而来

奚保丽

为践行前世的约定，棉，飞身蓝天
采下流云，远道而来。快马加鞭
慕白而来，奔幸福时光而来
越过春天的苜蓿地，悄然——
抖落黄昏的沉寂，清晨的孤单
于秋的高地，今夜的棉只为感恩而白
只为慈悲而白。裸露的花瓣，白过
十月的河流与倒影的星斗

虫鸣唧唧。棉，心藏一个白字而来
仿佛千年不化的积雪，又纯又洁
一袭素衣而来，斟上凉风寒露
邀明月以久违的手势小酌一番
一枝草本植物，在白色中繁茂如初
用雪光试剑，宁折不弯
经受生死的考验。棉，慕白而来
将古老的悲歌式的绽放，白到极致

（原载《上海诗人》2014年第2期）

行走岸边

翁美玲

虫鸣。露水，草叶和风的碰撞

惊醒沉睡中的事物
寂静，容纳了它们的相遇
一面湖水，安然于宇宙空间
月光的镜子，晃动
一个水域的王国
被莫名照亮的黑暗，集结又消散
这种往返，多像我的前世
可它的悲欢无人所知
在岸边，我和这些风一起散步
起起落落的星辰，就像平常的事物
来得快，去得也快，谁都抓不住
而这些生香的草木，都是毁灭过后的重

（原载《十月》2014 年第 4 期）

母亲的手表、手电和圣经

高建刚

母亲有三只手表
两只在枕下，第三只
在睡衣口袋里
如此，时间经常在枕下打架
一个急性子，一个慢脾气

然而，这是必要的
母亲要让第三只来做调解人
由此判断 20 点 30 分的准确性
她要在此刻让一粒药片帮她入睡
就像未来去天堂的路上

差一分，就会在时间的队伍中掉队

所以手表是母亲天大的事
我们经常给她修理坏了的时间
才能让她心安
84岁的母亲几乎不要任何东西
她只要手表，当然
还要手电和圣经
手电用来照亮深夜的时间
圣经用来驱赶内心的魔鬼

（原载《星星》2014年第6期）

两只大雁

高鹏程

我看到了它们。有那么一瞬，
在萧关古道的上空，
两只大雁低低地飞着。低低的哀鸣里，仿佛
各自背负着一座漏雨的水库
仔细听来，两只大雁
一只像断了弦的琵琶，另一只
是泣血的胡笳。
有一阵子我认出了它们，两只大雁
替谁背着一个帝国的屈辱
一只叫王昭君，另一只叫蔡文姬
它们低飞、盘桓，不知该往哪里去
很多年过去了，两只大雁
不知所终

只有低低的哀鸣声
依旧有两座漏雨的水库，悬浮在萧关古道的
　上空

（原载《诗刊·上半月刊》2014年2月号）

除夕的早晨劈一截木头

郭晓琦

除夕的早晨，我感觉浑身是劲
开始在院子里
劈一截木头

我把雪亮的斧子抡得很夸张。
一截木头
被劈成四瓣
我惊奇地发现
它们就是躺在我面前的四个
　季节

春天慵懒、酥软。夏天燥热。
秋天铺开短暂的
金黄和无边的萧瑟
冬天冰冷、坚硬、风声呼啸
让我的斧子劈出了四溅的火星
不过，这并不影响我的惬意和
　痛快
我浑身是劲，一口气
把四个季节劈成一年中的十二

个月份
把十二个月份
劈成一年中的三百六十五天

飘雪的一天
麦草垛着火的一天
新屋上梁喜庆的一天
沙尘吹暗的一天
桃花点亮的一天
冰草梁上栽瓜种豆的一天
牛配种的一天
搓麻将的一天
跟老婆吵架窝火的一天
骑自行车带母亲去镇子看病的一天
日偏食的一天
挥汗如雨抢收麦子的一天
小南风里碾场的一天
为李阴阳送葬的一天
帮邻家迁祖坟的一天
编背篓的一天
掰玉米棒子的一天
榨油磨面的一天
骟羔羊的一天
喜宴上没放倒村长却放倒自己的一天
杀猪的一天
……

哦，美好的一天和不美好的一天
当我把这些用过的时光
整齐地码在屋檐下时

我发现，这一年，只不过是一小堆温暖的
　柴火

（原载《诗潮》2014 年第 9 期）

景　象

离　离

我总是喜欢看看
身后的北山
总喜欢回头
看漫山遍野的树木青草，那么绿
那么张扬
我喜欢在纸上写下秋天，秋凉，和萧瑟
并深深想念
曾经枯萎的叶子
渐入大地
该怎么说清
那些离我而去的灵魂，我移入阳台的几株植物
和我从乡下老家接来的母亲
他们之间若干微妙的关系
灯光下，有时候她俯身看那些花花草草
有时候她突然转身
什么都不愿再想起

（原载《星星》2014 年第 3 期）

老虎中间散步

唐 力

我在老虎中间散步
那些老虎，散落在
山坡上，岩石边，草地上，阳光下
或者躺卧，或者蹲伏，或半仰起头
或者站立，或者走动
众多老虎，它们目不斜视
或者顾盼有姿，就是
对我熟视无睹
它们有的细数身上闪电的斑纹
它们有的被自己身上的黄金
所惊动，而抬起头来
它们有的悠闲地走来走去，就像
穿着横纹睡衣的老人一样
我就在它们中间散步
不惊动它们，也不
与它们混为一谈
我的颜色并不比它们鲜艳
但我是站立的，我比它们要高
我的孤独，也因此格外醒目

（原载《诗选刊》2014年1月号）

房间里的旅行者

唐　力

在房屋的一角
一个蜘蛛在旅行，从墙壁的
一端，滑向另一端
它的道路
来自自己的身体
来自自己的愁苦、孤独和悲哀
一条细小的道路，仅仅能容纳自己
就如我们的道路，从一条脐带开始

一个房间里的旅行者
背着它黝黑的背包，暗藏着
生存的重量和方向
它们在阴暗中行走
在床下，在衣柜边，在角落里
它们行程十分漫长。同我们一样
生活，因为细小，而无法穷尽
因为重复，而又不得不
一次次地重新经历

（原载《诗选刊》2014年1月号）

絮　叨

唐　旭

母亲在电话里

总谈一些无关紧要的话题
她说，老王的水牛
偷吃咱家秧苗
赔了三升谷子
说到这里，她很气愤
仿佛咬着一把匕首
她还说，喷雾器涨价了
街上有卖假农药的
屋檐下的燕子
比去年迟到十一天
母猪老是打圈，又配不上崽
前些天，她去河对门小卖部
买了两包食盐
一包半斤的，一包一斤的
王家二姑娘出嫁了
陪奁有洗衣机、冰箱、彩电
媒婆是我二表弟的三舅娘
母亲说，此时她正在田埂点豆
父亲披着蓑衣犁田
这时，我从话筒里
听到吆喝水牛的声音
听到布谷鸟叫的声音
挂断电话，仿佛有一大片水稻
在我心里使劲分蘖，拔节

（原载《芳草·潮》2014年第4期）

自绵羊的眼睛里

唐　果

自绵羊的眼睛里
我看到自己是一只绵羊
一边践踏草地
一边拣最嫩、最肥的草吃

自狮子的眼睛里
我看到自己是一头狮子
它撕扯羚羊
把嘴角流淌的鲜血当作最绚丽的装饰

自鱼的眼睛里
我看到自己是一条海鱼
喜欢追逐和被追逐的游戏，无聊时
像个美丽的新娘，坐等大鱼来吃

自鸟的眼睛里
我看到自己是一只乌鸦
我声嘶力竭地传播好消息
可他们却说，灾祸即将降临

只有在同伴的眼睛里，我才看到自己
外表镇定，内心惶恐
期待贞节牌坊拔地而起
却日日头插草标，站在街头兜售

（原载《诗选刊》2014 年第 6 期）

或许不

唐果

二十年后，我有一笔到期债务。或许不
二十年后，我的头发跟你的一样白，还是跟她的
　更为相似？
或许都不似她俩
二十年后，我的皱纹比水泥路的纹路深，比沟壑浅？
或许不这样

躺在床上憧憬明天的行程
明天去江东
听说江东有一条美丽的河，有人要建水电站
这条河将从地球上消失
河两边的梯田是金色的
或许不是这样的，或许明天我有事缠身
或者他们变改主意，不建水电站，而改建度假村

或许梯田会变成紫色，红色也说不准
或许我根本就没有明天
谁能肯定我一定有明天呢？
唯有捏在手里的叶片是确定的
我把它从散尾葵上扯下来
唯有它绿色的汁液是真实的，真切地染绿了我的
　手心

（原载《滇池》2014年4月号）

五月初五黄皮熟

唐煜然

五月初五，还乡。粽子好吃
父母说黄皮熟了。话音未落
年过六旬的二老，三两下就敏捷地
爬上黄皮树，像轻功了得的神仙侠侣
稳稳地站在飘摇的枝头，任凭南风吹拂
这一幕，完全出乎我意料
愣了几秒，瞬间，满心欢喜
父亲的肱二头肌，依旧结实
母亲居然敢在高高的树丫上金鸡独立
自从长大后，我就再没有仰望过父母了
也很少端详他们渐老的容颜
现在，父母大人在上
他们曾经的穷困、伤痛和苦难高高在上
他们内心的卑微、软弱和美好愿望高高在上
爸爸，妈妈，如果我真的爱你们
就要让你们八九十岁时，依然能爬上黄皮树
给我摘果子，就像小时候
我在树底昂首，满眼期盼，拉起衣襟
快乐地接住你们丢下的黄皮果

（原载《诗选刊》2014 年第 5 期）

当我用身体中那一阵阵的青麦味在写作

海 男

当我写作时，我穿上了棉的内衣和裙装
严格地说，当我写作时，我嗅到了我体内有青麦味儿
穿过了长廊，它们在我的头发、脖颈中穿行
它们启发我对于生的编织。除此外，当我写作时
还有那一只蝴蝶也过来了，一个女人写作
身体中一定有翅膀在拍动，它们在无我有我中
拍击出旋律。因为窗户太小，只可能让一只蝴蝶飞进来
只可能让那只紫色的蝴蝶在我书房中停留过夜
除此外，我用身体中那一阵阵的青麦味在写作
那些拂过面颊的青麦，仿佛一口深渊让我沉下浮上
如此的光阴啊，我将面孔移向那些从深渊口游荡出的
秘流，很快的，它们将环绕着那古堡转动

一个女人，当我写作时只需要拥有身体中的
一束束青麦荡漾和一只蝴蝶的拍翅声声就足够了

（原载《读诗》2014年第三卷）

去乌有镇路上

流 泉

与铺满落叶的街道
有一样的心情，寂寥，空旷

有小小之落寞。乌云肯定优于我的
生活，偶尔路过的车辆
有些许慌张，我必须从这一条街道开始
穿越，让整个午后的慢
随我抵达。我要去的地方比乌云低
但依然空旷。在那里，有我的乌有镇
一个人的茶坊
曾经邀约你，如果可以
就一起走，一起在茶坊里
边喝茶，边上菲利普·罗斯的《解剖课》
你说，这样很无聊
那随你便吧，我有足够的耐心
与镇定。去乌有镇路上
必须舍弃某些阳光，就像我在最低处
迎迓着乌云
一片一片，掉下来，
我喜欢这样，而于你，这已成没办法的事
因而，我不再提及理想
和，欲望

（原载《鸭绿江》2014 年第 3 期）

斑斓之虎

谈雅丽

病室的中午，我曾梦见过一只斑斓之虎
在我的体内缓缓走动
它有黄金耀眼的凶猛，也有黄金绵软的温柔

我奢侈地梦见爱，梦见在某个地方
他和我携手并肩地走在，秋风乱卷的街头
在不为人知的病室角落
我会为怎样的人生际遇放声恸哭
人群总是把我推向寂灭，牵我之人
我们该怎样细述一生，该怎样用倒叙的手法
描绘我在四十四病室里一颗踉跄的心
用此刻，一个人可能对我施展的全部柔情
和残酷

我不必被谁安慰，我强大到足以打败自己
我的软弱，深植在黄金之虎的斑斓体内

我在清醒的中午数着大楼向阳面的玻璃
从镜子两侧审视自己不全的人生
我还数身上的暗疾，内伤，疤痕，虚假
以及不可救药的微弱

众多亲眷，来用一丝最简单的爱救醒我吧
因我越拉越紧——
越拉越紧，系在我和命运之间
那根，微弱的细绳

（原载《诗探索·作品卷》2014年第1辑）

蓝得令人心碎的夜晚

谈雅丽

再没有什么让我如此怀念，这一个夜晚

波澜壮阔，灯光从湖水东面迸散到天空
我的柔软，年轻，我在尘嚣中抖落的那一声惊呼
都在滔滔下滑的月光中丢失——

不止一次我看见跃出的红鲤，看见一群星星
沿着湖水散步，交谈和亲吻
看见亮晶晶的双眼，被游离不定的水光
抚摸，我确认不了那一晚
是我们幸福，还是我们身边的万顷碧波
更加幸福

烟岚起伏，经水声抚摸的洞庭
岸芷汀兰，或浮光跃金，我不用记那些
忧愁，只记住纵横交错的水网
遍布大地，如何慢慢浸润
我们暗淡已久的伤口

那一晚后，我们越加慈悲、善良
因我们听了一夜的水语
这一夜的水语就是命运的救赎
永不停息的爱和宽恕

我怕被湖水遗忘。所以，最隐蔽的角落
我预先藏下涛声洗濯的夜晚，藏下它的蓝
蓝得那样惊涛骇浪，蓝得这样
波平如镜——

（原载《诗歌月刊》2014 年第 6 期）

更多的草我叫不出它们的名字

桑　地

我认识这矮小的植物，它们有柔弱的身躯
和小小的籽粒，阳光下
垂着谦卑的头颅，生长在我童年
就熟悉的地方。狗尾巴草
长得挤挤挨挨，在乡下它叫野谷苗
米米蒿在路边最常见，它在五月
和麦子一起成熟，籽实可用来轧油
二花，一般生长在偏僻的坡地
夏初开花，稍后转黄，因为黄白间错
又称金银花，清香而苦
可入药，清明时节采集者众
它还有一个流传久远的名字叫忍冬
艾草，大都长在水边，它与屈原有关
马齿苋，酢浆草，地丁，野菊花，蒲公英
我数了数，大概也有三四十种吧
更多的草我叫不出它们的名字
但我常常在它们身边停下来
我深爱着它们，它们的色彩、芬芳
风起时的喧响，风过后
它们安静的样子，一尘不染的样子
就在刚才，我看见河滩地上
野菊花状的植物又开花了，灼灼灿灿
不远处的白杨林，叶子半青半黄
让我想起远逝的日子，以及那些日子里的笑声

（原载《诗歌月刊》2014年第1期）

只 是

——致雅姆

黄 芳

这个早上是被一阵阵鸟鸣声叫醒的
我在睡袍外加了件毛衣
就下楼去
我要去看看，是哪一棵树
让这些鸟如此欢快
——实际上
桂花树，槐树，木芙蓉
还有很多我叫不出名的乔木中
都有它们跃动的小小身子
最调皮的那只，甚至
轻盈地跳上了我的绿毛衣
“我就是这样懂得了事物：首先
有一只很大的黄蝴蝶，
其次，是风跑进了成熟的麦子。”
写下这些诗句时，雅姆
也许并不比我更自足——
大事发生
只是一只小小的鸟
轻盈地停在了我的绿毛衣上

（原载《诗选刊》2014 年第 6 期）

换一种角度

黄 钺

傍晚，在渔人码头
我换一种角度，突然看见
一只只巨兽从海里游回来
又扎堆靠在一起
梳毛，蹭痒，歇息，哼哼

它们
都有编号、名称
甚至挂着国旗

那些浪花，一直在小口小口地咬着它们
我记起，只有飓风来时
它们才有机会
大口大口地咬，大声大声地吼
可惜眼下，大海似乎已经
好了伤疤
忘了痛

（原载《作品》2014 年 6 月号）

我和小麻雀

黄先清

大地很大，大得找不到东西南北的边儿

麻雀很小，小得东西南北缩成了一个点
一个麻灰色小点

在尘世，我尽力把悲伤缩小，把喜悦缩小
——因我知道卑微生存的技巧，越小的东西越轻
小的感觉让我更安全，轻的感觉让我更舒坦

但世间，伤害小的东西似乎已成习惯
我只能缩得更小，再更小，再再更小
小得让无形的枪口寻不到有形的目标

这个秋末，我和小麻雀在冷风中一天天缩小自己
我们已经小得没有伤害别人的能力
只想小得使别人无法伤害自己

（原载《诗选刊》2014年第4期）

家　庭

黄纪元

我，变成了我们。
我们围着这只木桌吃饭，几个小菜，
升起一朵朵云。我们吃完了碗中的粮食，
不剩一颗米粒，也没有
多说一句话。父亲，我是饱含着爱
与孤独，来完成这套动作。你认为
我想着这些，而我想到的却是另外一些。
母亲对我说："在最亲近的人面前，你也是
一个木头人。"事实上，我说了这些，

想说的却是另一些。作为小语种的
缙云话，传到我这一代，早已锈迹斑斑。
我情愿我是那截木头，无知无识，
简单而果断，在火中解决自己。
最后留下乌黑的炭块，痛苦也好，
幸福也罢，埋在更多的灰中，
不奢求额外的理解。

（原载《诗选刊》2014年第6期）

升 高

黄灿然

现在让我把声音降低，
以衬托生命此时的黯淡，
我几乎要把一切放弃，
在这个心碎的阶段；

也让我把光线降低，
既然黑夜已黑到最深处，
一丁点的暖色就足以
照亮自身内外的痛苦。

我的劳作像鸟儿啁啾一样无益，
但黎明来了它就要倾诉，
不为什么而更像赞美；

所以我还要升高生命的难度，
为了在急坠中擦出火星

给孤独以刹那的投影。

（原载《诗潮》2014年第4期）

沂　河

曹玉霞

浅滩上一行白鹭在漫步
打鱼的人已收了网，蹲在
河边抽旱烟，薄雾笼罩的
堤岸，蝉鸣一阵比一阵稠密

从何时起
我对这环山梁绕崮子的河水
动了心？

款款南行的沂河
波动着中午的银白，暮晚的金黄
到底是谁
在大地上遗落了一个彩色的梦？

（原载《诗刊·上半月刊》2014年8月号）

冷月，虑千山

曹国英

梦偏冷，辗转一生
上酒。先祭诗神

他们说在等我
其实等的已经不是我了

仲伯弹琴
站于树下的狐仙突然流下了
一颗豆大的泪
“日月百代之过客行年亦为旅人”

（原载《诗探索·作品卷》2014年第3辑）

地球那么美

曹国英

谁将太空铺满蓝色布匹
地球那么美
却像一颗泫然欲泣的泪
公转。自转。一起转
那些日升月沉无家可归的忧伤
许多事情我们不能简单地用科学去诠释
真正的圣者
是以祖先的阅历来观察宇宙

（原载《诗探索·作品卷》2014年第3辑）

早爱几年，多好

晨　阳

早爱几年，多好

像那时你私有的小菜园
你还是年纪很轻很轻的农家小哥
前来提亲的媒婆踏坏了刚修好的篱笆
早爱几年，多好
那时的丑小鸭只爱躲进菜园的瓜蔓下装成笨青瓜
长小绿刺儿顶嫩黄花反复反复将夏天喊热又喊绿

早爱几年，多好
那时你不太老，我也还年轻
我们在星星降落的花园用情话种玫瑰
说既亲密又含混的语种，往来的风都不会懂

早爱几年，多好
我在你的掌心慢慢变熟变甜变软
长出丰盈的汁水透彻的品性和
只要爱就能养活一生的好节操

（原载《诗选刊》2014 年第 5 期）

椅子空了

——祭母亲

晨　晖

椅子空了
孤独不仅是一片竹林中的一株
我懂得它的心智
它的高风亮节。
和母亲相同的一生

我想让椅子
退着走，回到竹林
退回到我在林梢轻轻地摇动

我是母亲远嫁的女儿
在泪流满面之际
我的心也空了。

我的悲伤，
埋藏于摇曳的海洋
深陷于岩石和沙砾之中。

（原载《诗探索·作品卷》2014年第2辑）

看　花　记

商　震

4月19日傍晚，洛阳
中雨带有冰雹
洛阳人民正给牡丹花过节
冷雨冰雹打到脸上，很疼
我开始担心节日里花的命运

当晚的酒是冷的
我大醉。梦里下了一场大雪
翌日，来到国花苑
看到满地的花瓣

这些甲天下的牡丹
雨打冰砸后，都抬不起头来
落地的花一团团蜷缩在一起
是一堆使用过的手纸
它们在最美的时候死去

看花，是看能让自己燃烧的色彩
看花开后呈露的秘密

花开后，只有一个悬念
他杀或老去
我想，我也是一朵
向死而生的牡丹

（原载《诗潮》2014 年第 4 期）

马 颊 河

商泽军

一头黄牛拉着一张犁
在大索庄的村西
在马颊河的河滩里
犁地犁到正午的时候
老黄牛有些渴了
它伸着脖子
叫了两声
望着河床的方向
又叫了两声

这是多年前的一个深秋
新翻的土地上
冒着泥土纯鲜的气息
不时会有田鼠跑出来
东张西望一下
又藏进沟壑
那头犁地的牛
听着马颊河的流水声
又叫了两声……

（原载《飞天》2014年5月号）

海边小镇

清荷铃子

小镇降温了
我开始过一种清淡的生活
像手中的这杯茶，看它变浅变淡
看它直抵我内心的凄凉
但是阳光是善良的，它从窗台移近了我
让我和世界保持着最近的距离

窗外偶尔有车行过，有小鸟飞过
但它们在我内心不留一点痕迹
我像一个等待做梦的人
但是，什么梦也没有

这是第三次，北风给小镇降温了
我过着蜗牛一样的生活，昼伏夜出

在潮湿的夜晚，灵魂走出家门
然后再沿着月光返回

现在，我把自己关在房间
写爱，写遗忘

（原载《诗选刊》2014年第5期）

旷野上一只鸟从我的头顶飞过

梁积林

大片的葵花已收割完毕。没有马
只有一丝风骑着一把二胡驰骋在西域
再大的旷野也是一块田地
再小的心也是一个国度
羊的眼睛其实是两枚图钉；它吃草；它咩
叫
把自己钉在了深秋的这个早晨
阿尔的太阳，好像敦煌
一声鸟鸣飞过我的头顶，仿佛颤音
一句话也像是一次反弹琵琶
一片竹柳，也像是
另一个国家
每一片云彩都是一轮飘动的经幡
每一个葵盘都是一柄金黄的灯盏

时间啊，当的一下，仿佛命中不可或缺的
又一声颤音

（原载《延安文学》2014年3月号）

长虎须的诗人

——悼牛汉老师

寇宗鄂

此刻
我想起女诗人马莉的一幅画
是诗人牛汉的肖像
脸腮上长出虎的胡须
钢针一样的虎须
微微地颤动中
似有风的呼啸

这是牛汉独有的虎须
是他从骨缝从灵魂里
长出的刺儿
这才是最真实的牛汉
一股虎气
直透诗的锋芒和血性

猫咪也有须
却不能变虎
乖巧与媚俗，只能
是供人玩耍的宠物

生活里有一种
被稀释的人格
一种钙质的流失

让人深深地惋惜
奴性置换的膝盖
和被铜锈腐蚀的心脏
永远无法替代
生性的刚健与遒劲
因而令我们感到悲哀
唯有一身坚韧的筋骨
才能承受生命的重量

虎的站立与躺卧
睁眼与闭眼
同样让人心生敬畏
一位刚强的汉子
用涅槃的诗和
他坚硬的骨头
为我们点燃
一盏不灭的灯

（原载《诗刊·上半月刊》2014 年 1 月号）

顺着枯草中的马粪

韩　东

牧场上的一匹马死了，
马粪遗留人间。
如此多干枯的马粪，
和它生前一样没多大的气味。

顺着这些枯草中的马粪，

你能知道那马到过哪些地方。
栅栏边上几乎无处插足，
它一定是边吃边拉，
并将脖子伸过围栏。

公路的另一边是一个更大的牧场，
有整整的一群牛，或卧或站，
牛眼忽闪。可它们
再也看不见邻居老马啦。

此刻我们也看不见它，
从来就没有看见过。
主人告知了它的死，
我们才知道它曾经活着。

顺着枯草中的马粪，
你能想象那马风吹雨淋的一生。
这并不是马儿典型的一生，
旷野里孤独的囚徒，
唯有粪便遗留人间。

（原载《读诗》2014年第三卷）

年轻的土地

韩文戈

这里的土地是年轻的，也是古老的
这里的水，来自冰雪覆盖的巴彦喀拉山
我曾在黄河的上游

捧起清澈的河水大口大口咽下
现在它流经无数州府，到了河口
九个省的黄土与闪电跟随河水，滚滚而来
一座新城就与一个新世纪
站在这片生长的黄土上
这里，暖温带的风吹自大陆
也吹自海洋
这里的鸟正经过我们的头顶
它们鸣叫着，从远方飞向远方
因为生活与圣旨，散居各地的人
汇聚到这里
他们都来自同一种开花的槐树下
像蜜蜂，带着甜蜜与馨香
这里姓氏众多，村庄密集
白天像撒落的珠宝，夜晚像展开的星空
这里的历史短暂，却来自更迭的朝代
时光与石油在此沉淀
而我更看重未来
年轻又古老的未来
我想，未来一定像海，开阔而深邃
一定像祖国，“面朝大海，春暖花开”

（原载《诗选刊》2014年第9期）

江边的寺院

惠永臣

你有多少寂静，你就拥有
多少石头。江水静静地从寺院门前流走

但寺院里的佛
仍旧在那里，用微笑安慰着尘世

裸着半个肩膀的红衣僧人
在不停地扫着落叶。但江水里的身影
依然那么杂乱

干净的僧舍里，透出微弱的灯火
返照着江边一块块安静的石头
坐在石头上的另一个僧人
他目视着远方——
远方白雾正起，笼罩了另外的一座寺院

……经声里有着透亮的时光
让我恰好能够看见
一只鹰，漂浮在凡间的天空

（原载《诗选刊》2014年第9期）

阳光的重量

黑　枣

阳光是轻的。蝴蝶停不了的细叶
它一站就是一整天
阳光也是最重的。我浪费了一个冬天
敲不破的忧郁的表层，它一击即破……
早晨，阳光顶多是一件单衣的重量
穿上身不觉得笨重，但有点冷
中午，阳光是一件厚棉袄的重量

暖和，但稍显笨拙……
我曾经暗暗掂量过阳光的重量
在我心里，一直是有一架天平的
跷跷板的两端总是不分输赢
如果我往一方多放下一个砝码
另一方一定就被高高挑起
如果我希望阳光胜出
我会放下晴朗、快乐、爱和美梦
我永远是个落败者，占尽下风
这样也好，当阳光满得不能再满了
它就一股劲地向我倾泻而来……

（原载《诗刊·上半月刊》2014 年 4 月号）

暮色过柯寨

程　川

暮色过柯寨，夕阳像加糖的瞌睡
浑浊，我没能吐出甜
一个清擦音字母，唇齿后退
医生诊断为：血气胸
我扶着疼痛，半天吐不出一个字
也就是说，也就是说略胜于
小儿高烧。三杯两盏淡酒
怎敌他晚来风急

现在啊，山中喊虎，疲惫落地
暮色过柯寨，柯寨比夕阳
略加消瘦

而你一直空着，不肯说话
简约了偏旁部首
像杯饮尽的浊酒。都言覆水难收
连醉，居然也干干净净

这些年活得模棱两可
而辨认黎明和黄昏需要莫大的勇气
燃着顶夕阳，又像日出般
贴在山峦脸颊上，让人分不清对错
也原谅不了什么
关于美，我始终吐字不清

（原载《诗选刊》2014 年第 9 期）

百岁母亲

傅天琳

让我抱抱你，闻闻你的气味
我的母亲如果还活着
和你一样，正好一百岁

你的身体散发着昔日芳香
有着细棉布一样的柔软质地
你只是笑着
风调雨顺地笑着
没有牙齿的笑，单纯得像婴儿

你的眼角有一粒硕大的泪囊
那是岁月流淌的缓慢结晶

你银发静卧，像原始森林的积雪
目光像高树上的柿子甜甜软软
落进我的掌心

然后你就沉默了
无边无际、深不可测地沉默了
仿佛回忆仿佛幻觉
仿佛对时间、生命和万事万物表达谢意

我痴痴地沉默在你的沉默之中
白茫茫一片，又繁花似锦

静静的山水
静静的福利院
唯有百岁母亲能听见
寂静和寂静生长的声音

（原载《诗选刊》2014 年第 5 期）

秩序与悬念

舒丹丹

傍晚的厨房，让她想起祖母的厨房。
一样的夕光从窗口涌入，锅盆碗柜各有定局。
炉火生动，菠菜已洗净泥土。
她站在火炉前，等待一钵土豆慢慢成熟。
这逼仄的空间里已无悬念，
该完成的已经完成，进行中的正在进行，
生活的秩序正展现它清晰的面容。

她会在这厨房里，老成祖母一样的祖母。
她感谢这一钵土豆，给她短暂的出神，
让她像个局外人打量她措足的方寸——
杯盘洁净，瓜果安宁，它们在寂静里获得神圣。
她甚至感谢这时从窗口掠过的一只鸟，从最深的秋天飞来，
在密实的香气里，带给她一瞬间
振翅的幻觉与虚无。

（原载《读诗》2014 年第三卷）

焚　稿

谢克强

今夜　我什么也不关心了
不关心有韵的文字　也不会
在崎岖陡峭的诗行里匍行
今夜　我只关心火

来不及净手
我就匆匆擦亮一根火柴
然后　将写满诗行的稿纸
一页一页投进火里

一时间　火苗升腾
升腾的火里　我看见
一页一页稿纸上的字迹
黑得触目惊心

是的　我要用火

将一个诗人贪婪的梦
以及郁结心头的孤独与痛苦
统统焚烧

不想纸灰飞扬
在风的煽动下　无拘无束地飞
仿佛一只只张开翅膀的蝴蝶
在寻一片花的芬芳

（原载《芳草》2014年第4期）

别　出　声

靳晓静

她记得蓝天　有少许的云
有童年不识的深和远
大院里的一群孩子无法无天
他们的父母都去了干校
他们像羊群一样遍野奔跑撒欢

那一日他们攀上屋顶的阁楼
这三层红楼是苏联专家盖的
藏在尖顶中的阁楼荒废着
里面有无比神秘的蜂窝　鸟窝

阁楼里挤满了喧闹
她也跟了上来　突然
喧闹声戛然而止
所有的孩子都没有了声音

在这从未到达过的高度
一抬脸　每个人都从天窗
看见了蓝天
那样远　那样近　那样蓝
阁楼里一片寂静
她在心里暗祷　别出声
谁也别出声　因为
她相信　此刻正有神灵
从他们头顶的天上经过

（原载《诗潮》2014 年第 2 期）

渔　父　阁

蓝　野

整个城市被翻过来了
开膛破肚
像屠夫清理下水
理顺一条条大肠，一条条小肠
据说，文明城市考核的队伍就要来了

不合时宜的时刻
恍惚之中，我来到这里
住在一条江边
还好，江水没有被改道
还好，临江的长堤上有被刻上石墙的诗歌

我将记得江堤上的这个夜晚
秋日的樱花树枝条沉沉地绿着

她在春天的妩媚
还留存着一部分，轻轻地摇晃
轻轻地摇晃
公园里的香樟站得真直啊
这挺拔的样子，应该就是抒情诗人的样子
不知像屈原，还是刘禹锡？

寄宿的楼阁之侧
有一团兀立的水泥
有人指给我看，看它身上的枪眼
有人指给我看
看一座城市和一条大河的坚韧与哀怨

它兀立在那里
有一团黑暗的光芒
它的周围也被开掘了壕沟
使它的样子，如一个怀着伤痛的过路人
正试探着迈步向前

（原载《青岛文学》2014年12月号）

朱雀行

蓝野

在这里，我们找到了给未来写信的邮局
在贴满了高铁票、登机牌的小店墙壁上
小心翼翼地将两张汽车票藏下
它们与我们分别了！它们与我们分别了
如葬在万水千山之间的两片叶子

顺应着命运的安排……

我们各自写了信，像两个怀着远大理想的孩子
写下了梦幻与期许
多年以后，此刻的情景——你在埋头长久地书写
我写过了，便站在漏雨的店堂里
和守店的绒线帽子女孩谈论光阴——

江岸和小巷子里的灯红酒绿
给山城的夜晚披上一件彩衣
这喧闹的酒吧之城，这狂欢的偶遇之城
总会有孤单的人，如山顶那盏孤单的灯
自个儿行走，自个儿长久地发呆……
廊桥喧哗的市场上，我们找不到旧日的卖书人
一条温暖的围巾搭在胸前
落雨的夜间，也有了彩虹围绕着我。
每个小店，临门的小厅里都有一位怕冷的南方人
用手臂，用身体，轻轻围抱着电火炉
如抱着初识的情人，不敢用力，又舍不得放下

一座大院子的门廊外，我们
成了不能登堂入室的人
没有什么，所谓文化不过是院子里的几块青砖
这就够了，如这街巷里的石板路，几百年卧在这里
被游客和乡民踩踏得光滑明亮

这噼里啪啦的冬日小雨
正适合我踏实、安静的睡眠。
如那个喜欢在旅店和小舟中写信的归乡人
在温热的小旅馆，我找到了

——人到中年最安恬的一夜

两个为逃票而绕道的人，蹦蹦跳跳
在短暂的寻找中，命名了他们的旅途
——舟楫之旅，姜糖之旅，冰雪之旅，岁晏之旅……
就似这用比喻堆砌出来的朱雀城，
静止和流动，都有着太多的名字

（原载《青岛文学》2014年12月号）

寂　静

雷平阳

圣约翰大街上谈起寂静时
我们正好走进了
一家琥珀店。教堂里的寂静是一种
昆虫在琥珀中感受到的
是另一种。还有没有更多的寂静？我们
在相同的货色前，表情不一
欲望，该死的欲望，每个人都有很多
华沙街头的那些祭坛
也伸着一双双只剩下骨头的手
暴力带来的死亡，任何地方都发生过
一再重复过，关键是当一颗颗炸弹
松脂一样突然落下，死亡不仅
透明，而且不朽，我们在想什么？寂静
就变得比骷髅翻身坐起索取生存权
的呼叫，更让人恐怖。很难想象
几千万人的死亡也变成饰品

很难想象，一个死去又活过来的国家
它是如此的寂静。星期天早晨
人们奔跑向教堂，仿佛需要洗礼和忏悔的
是生存而不是死亡。我已经不想
把话题从寂静延伸到无辜
作为诗人，苦难的迟到者，此时
在圣歌声里，那些住在灵柩里的修士
或许才是我的知音或战友

（原载《诗歌月刊》2014年第6期）

两头大象从我身边经过

雷平阳

它们轰隆轰隆的脚步声
突然就从树林中传了出来，伴着枝条
折断之声和汽车轰鸣似的呼吸
土地在震颤，空气像受到冲击的玻璃
当它们出现在我的眼前，庞大的身躯
像两座移动的皇陵
像寺庙中的两尊大神
走下神坛，向人间迈开了步伐
那一瞬，一种生命对另一种生命
散发的无上的威慑力、冲击力和统治力
令我内心崩溃，令我眩晕，令我窒息
令我的体量缩小、再缩小
它们从我身边经过，视我如无物
我主动示弱，藏身于灌木丛
目送它们远去，双手死死抱住自己

像抱着一头侥幸逃生的小野兽
像抱着一棵突然软下来的松树

（原载《诗刊·上半月刊》2014年8月号）

沪杭道上

路　也

吴山青，越山青
我只是用碎花长裙轻轻地扫了一下
刚刚醒来的上海的楼群
便从动脉转静脉，从铁轨换到了高速公路上
大宇客车如飞，油箱里盛的似乎不是汽油，
　是酒精
行李箱里有一本《宋词选》
连“声声慢”都具有了125公里的时速
路两旁，水田瞳孔闪烁，竹林有纤细的
　神经
茶园以山坳为壶，用雨把自己冲泡成一大
　壶碧螺春或龙井
斑鸠在叫，这位乡村诗人擅用押韵的叠音
小镇分上阕下阕，以河为臂相挽，以桥为
　手相牵
亮亮的雨丝在它们身上做着针线
忽然，车身颠了一下，越过了地图上的分界
从夫差的领地进入了勾践的家园
当年的绯闻主角西施范蠡已化作荷花，在
　池塘里接吻
六十年前，一位张姓女子沿相似线路去寻

负心人
悲伤的蒸汽机火车载着民国的爱情
而今，是我，在飞奔，长发当风
一只粽子做早餐，从一个直辖市吃到一个
省份
第一口蘸着黄浦江，最后一口就着钱塘

（原载《诗潮》2014年第10期）

眼　　睛

慕　白

一只虫子
飞入我的眼里
死了

当这可怜的虫子的尸体
从我眼里出来，粘在我的左手食指上
我发现，它似乎没有多少挣扎的痕迹

它的死去，我知道
这不能怪眼睛，眼睛是无辜的
也不能归罪于虫子，它只是路过
虫子，从没想过自杀
从没

唯一合理的罪犯就只剩下一个
我，眼睛长在我的脸上
只能由我负责，对一只虫子的生命忏悔

我还应该替眼睛赎罪
用唯一赎罪的方法：泪水

（原载《诗刊》2014年3月号）

在场的忧伤

慕　白

大米每市斤涨了三毛
青菜每市斤涨了五角
肉丝面每碗涨了一元
三轮车费起步价涨了一元
猪肉价每市斤涨了八元
我的工资每月涨了三百
小镇的房价每平方米涨了三千
工厂的烟囱越来越高
每年被污染的事物增加了数十倍

我五岁的儿子掰着指头算了算
他长了不到一岁

（原载《诗探索·作品卷》2014年第1辑）

路上的聊斋

熊　焱

十六岁那年的夏天我夜夜读聊斋

明月照心，清风拂怀
蟋蟀的吟唱就像上涨的潮水，一浪浪地
溅湿了文字里的女妖
我幻想着她从三更的鸡鸣中推窗入户
棉花的手指抚下我失眠的忧伤

我还幻想着八十里进城的山路是一场赴京的赶考
山庙中避雨，我邂逅的女子以她眼波里流荡的涟漪
一次次地惊飞我心中那只扑棱棱的小鸟

那以后，所有窈窕的女孩
都像微明的火，烧暖我怦然乱动的心跳
在她们蝴蝶穿花的蹁跹里，我幻想着风掀起了裙摆
她们全都露出了狐狸轻盈的尾巴

再后来我远走他乡，十万里山河若壮锦
八千里光阴似繁花
满世界美人如画，而只有她，只有她
桃红的双唇吐出鬼魅的软语
杨柳的细腰扭出妖娆的风情

我就是那落第的书生
穷困半世，潦倒一生
只有抱月描花妖，临风追魅影
她呀，她呀，便在人群中笑出了细细的小米牙

（原载《青年文学》2014年10月号）

石头里有马群在奔跑

黎启天

雕刻家竖着耳朵，他听见
石头里有马群在奔跑
举起铁锤和斧凿，他开始追捕
马的声息

向石头里套马
沿着哒哒的叩击声
他敲开核的坚壳，刚劲的马蹄
热烈地跑出
循着长长的嘶鸣，还有风的呼呼声
他找到了马裂开的嘴巴，飞扬的鬃毛

声音是如此清晰
斧凿在探寻
眨眼的火星，找到了一匹马的眼睛
喘息的鼻子，鼓突的血管里
血液找到了自由流淌的祖国

一匹，两匹，三匹
马群在呈现，它曾在你的眼睛里
埋伏，伪装成石头的样子

就像石头散布于大地的黑暗
面对着坟墓里的眼睛

假装成缀满了宇宙闪闪的繁星

（原载《诗刊·下半月刊》2014年7月号）

人到中年

潘 维

戏台上的锣鼓，
能听懂
脚步婉转、细腻的唱腔如何穿过针眼；

其实我明白，
人到中年，一切都在溢出：
亲情、冷暖、名利。
曾经的旅程，犹如几颗病牙，
摇到了外婆桥。

我记得每一个昨夜，
少女的味蕾，奋不顾身的春色；
记得雨水仍发着高烧，
从嫉妒中失去的万有引力，
似一场大雪紧搂江南的水蛇腰。

忧伤所做的事情，足够支付信用卡；
酒火燃起的牢骚，
也一直连绵成无法挽回的群山；

这时，我听见一只响雷夺眶而出，

在杏花村屋顶上碎成星空。

其实，我明白
人到中年，是一头雄狮在孤独。

（原载《诗歌月刊》2014年第6期）

这亲切的　我并不喜欢

潘洗尘

这凛冽的空气　单纯的色彩以及
辽阔的视野　这荡气回肠的
吱吱嘎嘎的脚步　雪地上弓腰行走的人群
大汉子心里的小阴谋　这乡音
热情深处藏着的冷漠　好大喜功与夸夸其谈
还有被披在身上的虚荣　这记忆
仿佛只有父亲一直是沉默的　沉默的父亲
教会我的是怎样的格格不入　这温柔的敦厚的
躲避与退却　不动声色的怀念与热爱
除此之外是无法改变的现实　这亲切的
我并不喜欢

（原载《诗歌月刊》2014年第6期）

去邻村，顺便看看过去的年代

霍俊明

天热，和父亲一起骑车去三里之外的邻村

父亲屁股下的车子还算听话
它陪伴父亲的时间比我还长
它足够与我称兄道弟
姐夫卧病在床
多年来东方红牌拖拉机终于颠得他腰椎间盘突出
他刚被从几百里外的唐山医院推出来没多久
他与二叔同是村里出名的造反派，还是个打手
他与善良的父亲也过不去
多年前他瞎了一只眼

从此吃斋念佛，如今
他的身体和路边的杨树叶一样乱抖
他是否还记得

1968年的夏天
父亲将他的一双儿女从水塘中捞起
他是否还能记得
他当时正高唱造反歌将我的母亲关在牲口棚里

（原载《诗选刊》2014年第4期）